Johann Kitt

Quae ac quanta sit inter Æeschylum et Herodotum

Et consilii operum et religionis similitudo

Antigonos

Johann Kitt

Quae ac quanta sit inter Æeschylum et Herodotum

Et consilii operum et religionis similitudo

Réimpression inchangée de l'édition originale de 1869.

1ère édition 2024 | ISBN: 978-3-38813-928-9

Antigonos Verlag est une marque de Outlook Verlagsgesellschaft mbH.

Verlag (Éditeur): Outlook Verlag GmbH, Zeilweg 44, 60439 Frankfurt, Deutschland, info@outlook-verlag.de
Vertretungsberechtigt (Représentant autorisé): E. Roepke, Zeilweg 44, 60439 Frankfurt, Deutschland
Druck (Imprimerie): Libri Plureos GmbH, Friedensallee 273, 22763 Hamburg, Deutschland

QUAE AC QUANTA SIT INTER AESCHYLUM
ET HERODOTUM ET CONSILII OPERUM ET
RELIGIONIS SIMILITUDO.

DISSERTATIO
INAUGURALIS PHILOLOGICA,

QUAM SCRIPSIT

ET

AMPLISSIMI PHILOSOPHORUM ORDINIS

AUCTORITATE

IN

ALMA LITERARUM UNIVERSITATE VIADRINA

AD SUMMOS

IN PHILOSOPHIA HONORES

RITE CAPESSENDOS

DIE XXII. M. DECEMBRIS A. MDCCCLXIX

HORA XI.

PUBLICE DEFENDET

JOANNES KITT,

VARMIENSIS.

ADVERSARII ERUNT:

A. FEILHAUER, CAND. PHIL.

P. STAMM, CAND. PHIL.

J. BROCK, CAND. PHIL.

VRATISLAVIAE
TYPIS A. NEUMANNI.
1869.

VIRO ILL.

DR. D. OTTO,

PROFESSORI GYMNASII BRUNSBERGENSIS,
PRAECEPTORI DILECTISSIMO

NEC NON

FRATRI JOSEPHO,

PRESBYTERO

AUTOR.

Quamvis permulti et doctissimi viri seorsum de
Aeschyli et Herodoti consilio, quod hic in historia conscribenda, ille in fabula Persarum componenda secutus sit,
acutissime luculenteque disseruerint[1]); quamvis alii in
eo, quod horum uterque de rebus divinis secum statuerit,
perquirendo mirum quantum operae studiique consumpse-
rint[2]); nemini tamen adhuc, nisi fallor,[3]) in mentem

[1]) C. G. Siebelis: „De Aeschyli Persis diatr“. Lipsiae 1794.
G. Hermann: „De Aeschyli Persis“. . . — Brentano: „Ueber die
Perser des Aeschylus“. . . L. Preller: „De Aeschyli Persis“.
Gotting. 1840. A. Dahlmann: „Forschungen auf dem Gebiet der
Geschichte. II, 1. Altona 1823. H. Stein, Einleitung z. Ausg.
p. 23 sqq. J. C. F. Baehr, ed. alt. IV, p. 446 sqq.

[2]) A. Jung: „De fato Aeschyleo“. Regimont. 1862. R. Kraft:
„De hominum peccatis quid Aeschylus nos doceat“. Halis 1865.
F. G. Welcker: „Aeschylische Trilogie“ etc. Darmstadt 1824.
Haym: „De rerum divinarum apud Aeschylum conditione“. . R. H.
Klausen: „Theologumena Aeschyli“. Berol. 1829. H. Blümner:
„Ueber die Idee des Schicksals in den Tragödien des Aeschylus“.
Leipz . 1814. Schoemann: Vindiciae Jovis Aeschylei“... 1846.
C. Hoffmeister: „Sittlich-religiöse Lebensansicht des Herodot“.
Essen 1832. Böttiger: „De $\vartheta\epsilon i\alpha$ Herodoteo“. Berol. 1830. W.
Hoffmann: „Aeschylus und Herodot über den $\varphi\vartheta\acute{o}\nu o\varsigma$ der Gottheit“,
in Philol. XV, p. 224 sq. H. Stein, Einleit p. 35 sq. Baehr, l. l.
et alii.

[3]) Baehrius quidem — ed. alt. IV, p. 451 sq. — leviter attin-
git hanc comparationem; cui quum non conveniat eo loco fusius
de ea re disputare, missam eam facit.

venit, ambos componere atque comparare, quod quidem, quum Aeschylus et Herodotus, viri ejusdem fere aetatis,[4] eandem rem trac taverint, haud admodum ab animi perceptione erat remotum. Enimvero omnis omnino hominum aetas fert viros, qui consentiant inter se de rebus divinis humanisque, qui vel maxime dissentiant. Atqui ex comparatione virorum ejusdem aetatis quum ipsorum cognoscitur similitudo et diversitas, tum eorum aetas quibus ducatur animi motibus, qua sit condicione, facillime optimeque intelligitur; quare hoc meum institutum ab antiquitatis studio atque perceptione non puto esse alienum.

Itaque mihi est propositum, primum agere de utriusque operis consilio, tum, quae uterque de rebus divinis senserit atque spectaverit, in medium proferam.

I. De operum consilio.

§ 1. De Aeschyli Persis.

Eam vero quaestionem, trilogiane sint tragoediae, quas exhibeat ὑπόθεσις ad Persas,[5] hoc loco silentio praetereo, quum et doctissimi viri illud praeclare demonstraverint,[6] et omnes nostrae memoriae Aeschyli editores illos sint secuti.[7] Minime vero G. Exnerus Muellerum, postquam ejus verba — Eum. p. 198, N. 7 — protulit,

----

[4] Aeschylus obiit Ol. 81, 2; Herodotum esse natum Ol. 74, 1, verisimile est. Vid. Baehrium, ed. alt. IV, p. 400 sq. et Dahlmannum l. l. II, 1, p 22.

[5] „Ἐπὶ Μένωνος τραγῳδῶν Αἰσχύλος ἐνίκα Φινεῖ, Πέρσαις, Γλαύκῳ Ποτνιεῖ, Προμηθεῖ“, ap Dindorf ed. Oxon. 1851, p. 70.

[6] Vid. Mueller: „Eumenid. etc.“ p. 198, N 7. Welcker, l. l. p. 471 sqq.

[7] Schneider, Einleit. z. d. Pers. F. H. Bothe, v. 1, p. 268, N. 6. Dindorf. ed. Teubn. p. 83 a: „Ποτνιεῖ addidit scholiasta recentior, Ποντίῳ Welckerus. In didascaliis solum positum fuit Glauci nomen etc.“

sic redarguit: „In quibus verbis, inquit ille, etsi multa sunt, quae magnam praebeant disputandi materiam, ea tamen praetereo,“ [8]) itemque infra: (p. 53) „ea fateor me non satis intelligere“. Iste enim id potissimum agit, ut ostendat, unamquamque Aeschyli fabulam in se consistere et per se totum quoddam efficere posse. At, quaeso, nonne unum enuntiatum, nonne una vox? Aeschylum, quum certamen musicum subiret, trilogiis certasse non potest negari; idemque sine ulla dubitatione tres fabulas, quae materia ex ejusdem mythi penu desumpta cohaererent, docere solebat. Sin vero illud addubitari non potest, quo pacto de eo, quod volo, Aeschylum per has tres tragoedias idem consilium eandemque sententiam, qua efficerent totum quoddam omni ex parte absolutum, pertexuisse lis moveri potest? Sed ne justo diutius Exnerum moremur, equidem pro certo habeo, poëtam nostrum tres fabulas Phineum, Persas, Glaucum marinum in trilogiae formam redegisse; [9]) hoc tantum strictim attingere in animo habeo, in nostram trilogiam utrum sit recipienda Γλαῦκος Ποτνιεύς, an Γλαῦκος Πόντιος.

Hermannus quidem, quod arbitrabatur, Glaucum marinum drama esse satyricum, [10]) Glaucum Potniensem

---

[8]) „De schola Aeschyli et trilogiarum ratione“. Vratisl. 1840, p. 4.

[9]) Vid. L. Schmidt: „Bilden die drei Theban. Tragödien des Sophocles eine Trilogie“? in „Symbol. philol. Bounens“. Lips. 1864, p. 221 sq.

[10]) „De Aeschyli Glaucis“, p. 8; Opusc: II, p. 64 sq. Movit Hermannum hoc potissimum fragmentum: — ap. Athenaeum III, p. 87 a — „Ἀρσενικῶς (κόγχοι) δ' Αἰσχύλος ἐν Ποντίῳ Γλαύκῳ: κόγχοι, μύες κῶστρεια,“ (Dind. N. 25) neque minus scholiasta Theocrit. IV, 62. „Τοὺς Σατύρους (ἀκρατεῖς ex scholio inferiore addidit Casaubonus de satyr. poësi I, 5.) οἱ πλείονές φασιν, ὡς καὶ τοὺς Σειληνοὺς καὶ Πᾶνας, ὡς Αἰσχύλος μὲν ἐν Γλαύκῳ, Σοφοκλῆς δ' ἐν Ἀνδρομέδᾳ“. Welckerus contra probavit, illas voces tragoediae quoque convenire, quod Silenorum in Glauco marino mentio facta esset, id minime esse argumento, fabulam esse satyricam, id quod jam Pauwius (cf. Blümner l. l. p. 19) monuit.

tertio loco positum voluit; sed fugit virum dactissimum, fabulam Glaucum Potniensem non ad eandem ac Phineum et Parsas rem spectare posse, quum materia plane sit dissimilis.

Quo factum est, ut vir illustrissimus consilium ideamque Persarum — liceat mihi trilogiam nostram sic nominare — non perspexerit.[11]) Welckerus primus, quamquam antea jam Leopardus, Valkenarius, Ruhnkenius idem opinati sunt, praeclare demonstravit,[12]) Glaucum marinum esse tragoediam nostraeque trilogiae partem vel actum, quocum O. Müllerus, Klausenius (Aesch. Theol. p. 178) hujusque memeriae Aeschili editores adeo consentiunt, ut hanc rem hodie quoque esse sub judice non putem.

Quae quum ita, sint, est jam nostrum, consilium atque ideam nostrae trilogiae evolvere atque enucleare.

Enimvero Siebelis (l. l. p. 7 sq.) poetae nostro consilium subjecit paene ridiculum ejusque moribus haud admodum dignum. Aeschylus scilicet Persas composuit, „ut Atheniensium aures incredibili laudis cupiditate flagrantes satiaret eorumque oculos depressam iis confractamque hostis potentissimi superbiam objiciendo pasceret.“ „Elaboravit (p. 17, cf. p. 143 sq.) Aeschylus fere unice, Persas et inprimis Xerxem ut derisos faceret et, qui obtineret jam, eorum contemtum magis etiam augeret.“ Quae Hermannus, Blomfieldus de Persarum consilio decreverunt, quum Brentano ea jam refutaverit, silentio praetereo, quos viros, si seriem tragoediarum fundumque perspexissent, consilium quoque trilogiae percognituros fuisse, mihi est persuasum.

Brentano vero ipse Persarum consilium haud plane indicavit: (l. l. p. 17) Er (Aeschylus), inquit ille, legte in seinen Persern das Verhältniss derselben überhaupt

---

[11]) „De Aeschyli Persis“, Opusc. II, p. 92—93.
[12]) „Aeschylische Trilogie, Prometheus“ etc. p. 470—481.

und ihres Lebens zu den Griechen und dem griechischen Leben dar, um dadurch den steten Sieg der Freiheit über die Nothwendigkeit zu zeigen, und sein Volk zu erfüllen mit Stolz und Liebe zu seinem Vaterlande und seinen Gesetzen, mit Ehrfurcht gegen die Götter, die sie mit all diesen Gütern beschenkt, es zu verwahren vor Uebermuth und Frevel, und, wie Aristophomes darthut, es zu entflammen mit kriegerischem Geiste und mit der edeln Begierde stets über die Feinde zu siegen." Quamvis bene atque ingeniose sit dictum, omni tamen ex parte mihi non potest satisfacere; Brentano, puto, paulum immutasset suam sententiam, si, priusquam opusculum suum conscripsit, perlegisset praeclarissimum, ut ipse dicit, Welckeri librum. Alioquin hac trilogia periculum atque discrimen, quod libertas contra servitutem, modestia contra superbiam subiisset, celebratum esse, vehementer concedo; illud vero, quod trilogiae primarium argumentum est, Graecos contra omnes ubique barbaros bellum jam antiquitus institutum et a diis quodammodo provisum atque constitutum gessisse vicisseque auxilio deorum, aut Brentano non vidit aut addere oblitus est. Etenim enumerationem et gentium et ducum, quos Xerxes secum duxit,[13]) eo sensu Brentano urget, „so dass uns die verschiedene Natur der Mächte in der Ursache des Sieges und der Niederlage anschaulich wird"; (l. l. p. 16) equidem vero puto, poëtam, quantopere a diis Graeci ad tot tantasque copias vincendas adjuti essent, hac enumeratione voluisse ostendere. Iam longe aliter L. Prellerus, quippe qui fundum seriemque trilogiae percognovisset, disputavit de Persarum consilio.

Neque quidquam ad ea, quae ille vir doctissimus (p. 13—44 l. l.) exposuit, addendum esse arbitror, quum

---

[13]) Vid. Pers. v. 12—55 ed. Dind., quam utique in citando secutus sum.

monuerit, Aeschylum Phineum eo consilio ex mythorum penu deprompsisse, ut declararet, divina lege Graecis Europam, Asiam Persis esse attributam, et bellum inter Graecos et barbaros a diis jam olim esse constitutum. Neque fugit Prellerum, hac trilogia omnia omnino certamina inter Graecos et barbaros inita celebrari, Persasque superbiae et deorum impietatis tot tantasque poenas dedisse; hoc tantum desidero apud Prellerum, quod justo minus deorum auxilium, quo illi Graecos adjuverunt, respexit.

Jam vero tragoediarum argumentum paulo fusius exponam, quo melius, quae sit consilii operum inter Aeschylum et Herodotum similitudo, possit intelligi.

Enimvero argumentum Phinei, cujus quum exstet unum tantum fragmentum (ap. Dind. Nr. 251), plane describi non potest; probalia vero quaedam et ex Phinei mytho et ex Aeschyli ratione, qua ille in trilogiis componendis usus est, conjectura possumus assequi. Est enim Phineus ille regius vates et caecus, qui Argonautis Colchidem petentibus, quum eum ab Harpiyis liberavissent, vias fataque indicavit. [14] Quam materiam Aeschylus sibi sumpsit, quod inimicitiarum inter Europae et Asiae incolas Argonautarum expeditio sit initium; pertinet igitur fundus Phinei ad bella inter barbaros et Graecos gesta, quare praeclare Welckerus de Phinei argumento ita fere disserit: Continetur Phineo prima Graecorum victoria a basbaris reportata, et Aeschylus eam rem tractans facile ad bellum Persicum alludere potuit (l. l. p. 477); et infra: (p. 480.) Phineus est trilogiae primordium mythycum, qua ex fabula divina elucet providentia, qua, Graecos ex bello cum populis occidentalibus gesto superiores esse discessuros, erat constitutum.

Quatenus Phinei vaticinatio respexerit bellum Per-

---

[14] Vid. Prellerum: Griech. Mythologie, II. Ausg. II. Bd. p. 329 sq. et Welckerum l. l. p. 479.

sicum, quamvis dictu difficile sit, Aeschylus tamen ipse certi aliquid ea de re suspicandi praebet occasionem, quum Cassandram in Agamemnone totam Pelopidarum sortem fecerit vaticinantem.

Jam vero Persarum argumentum pluribus persequi, supervacaneum esse puto, quum de hac fabula integra Aeschyli editores fuse diserteque sint praefati; dum modo animadvertamus, hanc fabulam medio trilogiae loco positam, summum libertatis discrimen, summam de servitute victoriam reportatam continere eamque maxime commovisse spectatorum animos. Est enim ea fabula, quae et prima quasi introitu quodam praeparetur et tertia ad eventum omni ex parte absolutum deducatur, ut trilogiae fundus cumuletur media fabula maximeque illustretur.

Jam pervenimus ad tertiam trilogiae fabulam, dico Glaucum marinum. Atque enim in Persis (v. 800 sq.) imminentes clades futuraque Persarum pericula a Dario praedicuntur, unde apparet Persas tertiam fabulam ad eandem rem spectantem excepisse. Glaucus vero, heros Anthedoniensium, quum herbam quandam pavisset, in deorum numerum relatus a nautis vatis loco colebatur.[15] Quo mytho Aeschylus ad componendam fabulam usus, finxit eum heroem, quum deus marinus, itinere per mare facto, et pugnam Plataeensem et Himerensem comperisset, Anthedoniensibus res gestas enarrantem.[16] Singula quaeque hujus fabulae prae fragmentorum tenuitate[17] neque explicari possunt neque hoc adeo ad consilium Aeschyli percognoscendum pertinet. Namque Pindarus quoque (Pyth. I. v. 148) tres illas pugnas Salaminiam,

---

[15] Vid. Paus. IX, 22, 6. et fragm. Nr. 31 ap. Dind. cf. Hermann: „De Aeschyli Glaucis", op. II. p. 59 sq. et Preller: „Griech. Myth." I, p. 478 sq.

[16] Vid. Welcker; „Aeschyl. Trilog." etc. p. 473 sq.

[17] Vid. fragmm. ap. Dind. No. 23—31.

Plataeensem, Himerensem ut idem spectantes commemoravit, Aeschylus vero hac nostra trilogia eas conjunxit, ut omnes omnino illustrarentur atque celebrarentur Graecorum victoriae a barbaris reportatae. Quae quidem sententia postea in Graecorum animis ita valuit atque confirmata est, ut foedus, quod non novit Herodotus, inter Persas et Carthaginienses initum vellent ad omnes Graecos subigendos.[18])

Jam sequitur, ut commonstrem, poëtam nostrum putasse victoriam Graecos non tam suae fortitudini atque alacritati debere quam auxilio deorum.

Etenim de Aeschyli sententia Asia Persis Graecis Europa attributa est a diis ut proprium quoddam: (Pers 186 et 187)

. . . „πάτραν δ' ἔναιον[19]) ἡ μὲν Ἑλλάδα
    κλήρῳ λαχοῦσα γαῖαν, ἡ δὲ βάρβαρον.“
et (Pers. 762-64) „ἐξ οὗτε τιμὴν Ζεὺς ἄναξ τήνδ' ὤπασεν,
    ἓν' ἄνδρ' ἁπάσης Ἀσίδος μηλοτρόφου
    ταγεῖν, ἔχοντα σκῆπτρον εὐθυντήριον.“

Asia porro servituti obnoxia opponitur Europae liberae: (Pers. 192—196)

. . . „χὴ μὲν τῇδ'ἐπυργοῦτο στολῇ
    ἐν ἡνίαισί τ' εἶχεν εὔαρκτον στόμα,
    ἡ δ' ἐσφάδαζε, καὶ χεροῖν ἔντη δίφρου
    διασπαράσσει, καὶ ξυναρπάζει βίᾳ
    ἄνευ χαλινῶν καὶ ζυγὸν θραύει μέσον.

Neque fieri potuit, quin Asiae et Europae incolae, sua ipsorum condicione adversarii, temporum decursu manus consererent armisque decernerent, utrum libertas an servitus totum orbem terrarum regeret, quod quidem Aeschylus et fabula Phineo et oraculis exhibitis ut a

---

[18]) Vid. Dahlmannum l. l. p. 185; Schol. Pind. Pyth. I, 75; Diod. IX, 24.

[19]) Feminae, quas somno viderat Atossa.

diis constitutum atque provisum ante oculos posuit:
(Pers. 739 et 740)

„φεῦ, ταχεῖά γ᾽ ἦλθε χρησμῶν πρᾶξις, ἐς δὲ παῖδ᾽ ἐμὸν
Ζεὺς ἐπέσκηψεν τελευτὴν θεσφάτων.“ (cf. 800 sq.)

Quum autem dii libertatem humanam et modestiam
tueantur, nimiam vero potentiam superbiämque reprimant,
Graecis deesse non potuit deorum auxilium, Persas
contra dii afficiunt gravissimis calamitatibus: (Pers 348.)

„θεοὶ πόλιν σώζουσι Παλλάδος θεᾶς.“

et (Pers. 454 et 455),

. . . . . . „ὡς γὰρ θεὸς
ναῶν ἔδωκε κῦδος ῞Ελλησιν μάχης“.

ibid. (807—816):

„οὗ σφιν κακῶν ὕψιστ᾽ ἐπαμμένει παθεῖν,
ὕβρεως ἄποινα κἀθέων φρονημάτων·
οἱ γῆν μολόντες ῾Ελλάδ᾽ οὐ θεῶν βρέτη,
ᾐδοῦντο συλᾶν οὐδὲ πιμπράναι νεώς·
βωμοὶ δ᾽ ἄϊστοι, δαιμόνων θ᾽ ἱδρύματα
πρόῤῥιζα φύρδην ἐξανέστραπται βάθρων.
τοιγὰρ κακῶς δράσαντες οὐκ ἐλάσσονα
πάσχουσι, τὰ δὲ μέλλουσι, κοὐδέπω κακῶν
κρηπὶς ὕπεστιν, ἀλλ᾽ ἔτ᾽ ἐκπιδύεται“.

ibid. 345 et 346:

„ἀλλ᾽ ὧδε δαίμων τις κατέφθειρε στρατόν,
τάλαντα βρίσας οὐκ ἰσοῤῥόπῳ τύχῃ“.

(Cf. praeterea v. 93, 293, 472, 495, 513, 532, 725,
739—752, 818—831, 911, 921, 1005.)

Aeschylus igitur hanc nostram trilogiam eo consilio
composuit, ut Athenienses doceret, Graecis a diis datum
esse, libertatem generis humani ab intolerabili servitii
jugo, quod Persae omnesque barbari toti orbi terrarum
imponere studerent, defendere atque conservare. Itemque ostendit poëta, non tam sua fortitudine atque stre-
nuitate quam deorum auxilio Graecos res tam prospere
gessisse tantasque a barbaris victorias reportasse. Effert
igitur atque incitat Aeschylus, quum sui populi pulcherri-

mas victorias celebret, aequalium animos ad rem semper fortiter gerendam, neque minus eos, quum omnia emolumenta diis tribuat ompemque felicitatem diis acceptam referat, ad humilitatem adducit et deorum pietatem. Compescit simul nimiam virium confidentiam nimiamque gloriae, regnandi novarumque rerum cupiditatem, quae eo tempore passim grassari coepit optimumque rei publicae statum esse eversura videbatur.[20]

§ 2. De Heroditi „Musarum“ consilio.

Iam vertit oratio ad Herodotum, ut quam brevissime investigemus ejus operis consilium et cum Aeschyli conferamus. Atque in operis ingressu quidem historicus noster primarium argumentum consiliumque diserte indicat: (I, 1). „Ἡροδότου Ἁλικαρνησσέος ἱστορίης ἀπόδεξις ἥδε, ὡς μήτε τὰ γενόμενα ἐξ ἀνθρώπων τῷ χρόνῳ ἐξίτηλα γένηται, μήτε ἔργα μεγάλα τε καὶ θωυμαστά, τὰ μὲν Ἕλλησι τὰ δὲ βαρβάροισι ἀπο δεχθέντα, ἀκλεέα γένηται; τά τε ἄλλα καὶ δι’ ἣν αἰτίην ἐπολέμησαν ἀλλήλοισι“[21]).

Res igitur et a Graecis et a barbaris gestas et ea, quae mutui belli causam praebuerint, exponere atque memoriae tradere historicus in animo habuit. Quo prooemio praemisso ita instituit suum propositum, ut dissidiorum rixarumque inter Graecos et Persas vel potius Asiae incolas causas repeteret inde ab aevo fabuloso: Jûs raptum a Phoenicibus, Europae a Graecis — ut ipse opinatur a Cretibus-Medeae ab iisdem patratum commemorat. Cui hunc locum legenti non venit in mentem

---

[20] Vide E. Curtium: „Griech. Gesch.“ II. Ausg. vol. II. p. 262 sq.

[21] Quamquam sunt, qui hunc locum spurium habeant (cf. Baehrium ad h. l. I. p. 3) nostrum tamen historicum perfectum atque absolutum opus edere voluisse, nihi persuasum est; quum autem exordium Herodoteum congruat vel maxime cum Hecataei et Thucydidis, nescio quo jure illi opinionem suam confirmare possint.

Aeschyli Phinei? Postquam belli Trojani quoque ut inter Asiae et Europae incolas gesti mentionem fecit, hanc narrationem, qua declarare voluit, jam antiquitus iram inter Graecos et barbaros conceptam atque inveteratam esse, ad finem perducit his verbis: (L., 4)

„ἀπὸ τούτου ἀεὶ ἡγήσασθαι τὸ Ἑλληνικὸν σφίσι (Persis) εἶναι πολέμιον· τὴν γὰρ Ἀσίην καὶ τὰ ἐνοικέοντα ἔθνεα τὰ βάρβαρα οἰκηιεῦνται οἱ Πέρσαι, τὴν δὲ Εὐρώπην καὶ τὸ Ἑλληνικὸν ἥγηνται κεχωρίσθαι“.

Quibus conferenda est haec ejusdem Herodoti sententia: (IX, 116.)

„τὴν Ἀσίην πᾶσαν νομίζουσι ἑωυτῶν εἶναι Πέρσαι καὶ τοῦ ἀεὶ βασιλεύοντος“.

Neque quisquam, si haec Herodotea cum illis Aeschyleis, quae supra (p. 9.) laudavimus, comparaverit, et Herodotum et Aeschylum Persis Asiam, Europam Graecis ut proprium quoddam a diis datum assignasse, negabit[22]).

Jam Herodotus pergit enarrare: (L. c. 5)

„Ταῦτα μέν νυν Πέρσαι τε καὶ Φοίνικες λέγουσι· ἐγὼ δὲ περὶ μὲν τούτων οὐκ ἔρχομαι ἐρέων ὡς οὕτω ἢ ἄλλως κως ταῦτα ἐγένετο, τὸν δὲ οἶδα αὐτὸς πρῶτον ὑπάρξαντα ἀδίκων ἔργων ἐς τοὺς Ἕλληνας, τοῦτον σημήνας προβήσομαι ἐς τὸ πρόσω τοῦ λόγου“, κ. τ. λ.

Baehrius (IV., p. 445) ita de hoc loco disputat: „Rejecit igitur, quae de prioribus temporibus fabulis involuta ferebantur et a logographis tradebantur; maluit certa sectari indeque suae historiae initium ducere a Croeso, de quo primo certiora ipsi innotuerant, Lydiam, ubi olim ille regnarat, perlustranti.“ Rejecit sane Herodotus, minime vero ita, quasi talia ejus modi plane aliena a suo proposito duceret; rejecit contra ut historicus vel potius criticus,[23]) quod optime ex his verbis: „ὡς οὕτω

---

[22]) Vid. Dahlmannum l. l. p. 138.
[23]) Cf. Dahlm. l. l. p. 137.

ἢ ἄλλως κως ταῦτα ἐγένετο" potest concludi Enimvero convenit vel maxime historico nostro, quippe qui et mutui odii et bellorum causas voluerit in medium proferre fabularum quoque carpere campum, quod historiae ejus prooemium est convenientissimum, quod eodem consilio fecit Aeschylus.

Jam vero videamus, quomodo propositum suum pater historiae persequatur atque conficiat. Atque jam eo, quod non chronologiam secutus narrandi initium a Croeso fecit, bene suo proposito consuluit[24]). Namque Croesus, quatenus certi aliquid sciri potest, primus Graecis Asiam incolentibus conatus est eripere libertatem; a Croeso igitur historiam instituens, postquam Lydorum res gestas et quomodo Cyrus Medorum regnum subegisset, enarravit, revertit Noster ad praecipuum operis sui argumentum: (I, 140.)

„Ἴωνες δὲ καὶ Αἰολέες, ὡς οἱ Λυδοὶ τάχιστα κατεστράφατο ὑπὸ Περσέων, ἔπεμπον ἀγγέλους ἐς Σάρδις παρὰ Κῦρον, ἐθέλοντες ἐπὶ τοῖσι αὐτοῖσι εἶναι τοῖσι καὶ Κροίσῳ ἦσαν κατήκοοι".

Jam regnum Persarum in dies magis magisque crescens ante oculos ponitur: Jonia Asiae minoris subigitur, insulae sponte in dicionem veniunt (I., 169), Babylon expugnatur (I., 188 — 191). Omnia ejusmodi eodem spectant; etenim praeparant atque introducunt magnum illud bellum Persicum, ubi omnia quasi ad historiae focos convenire ac congeri videntur. Neque unquam patri historiae effluxit ex animo inchoatum atque institutum neque excursus neque terrarum morumque hominum descriptiones, quas occasione oblata nunquam praeterire Noster solitus est, ab operis ambitu atque consilio abhorrent. [25])

---

[24]) Cf. Creuzer: „Historische Kunst d. Griechen", p. 138 (II Ausg. p. 108.)

[25]) Vid. Creuzer; l. l. p. 139: „Die persische Geschichte bleibt nun ferner auch der Grundfaden, auf dem das ganze Gewebe auf-

Nonnunquam, ne qui legit quod sit operis consilium obliviscatur, quamvis paucis suo tamen loco positis verbis eum autor admonet Graecorum eorumque condicionis: (II, 1) „Καμβύσης Ἴωνας μὲν καὶ Αἰολέας ὡς δούλους πατρωίους ἐόντας ἐνόμιζε, ἐπὶ δὲ Αἴγυπτον ἐποιέετο στρατηλασίην ἄλλους τε παραλαβὼν τῶν ἦρχε δὴ καὶ Ἑλλήνων τῶν ἐπεκράτεε“. Cf.: (II, 182.) „εἷλε δὲ Κύπρον (Ἄμασις) πρῶτος ἀνθρώπων κ. τ. λ.“ ad quem locum haud incommode adnotavit H. Steinius „Wie aber der Verfasser die Episode über Aegypten mit einem Rückweis auf die Unterjochung der Hellenen auf dem Festlande begonnen, so schliesst er sie, um wieder an den Hauptfaden seiner Erzählung zu erinnern, mit einer ähnlichen Nachricht über die Hellenen auf Cypros“. Itemque (II. 152—154) Graeci (Jones et Cares) Psammetichum in Aegypti regno occupando adjuvant, quare in Aegyptum recepti sunt. Cambyses Graecos, expeditione in Aethiopes male gesta, dimittit (III., 25), neque inconsulto Herodotus in illis regionibus, in quas Darius regnum suum divisit, enumerandis Graecorum regionem primo loco posuit (III., 90). Neque minus apte bellum inter Lacedaemonios et Samios gestum perpetuae orationi inseruit, quippe quod in causa fuisset primae, quae historiae fide comprobari possit, expeditionis a Graecis in Asiam susceptae: (III., 56) „ταύτην πρώτην στρατίην ἐς τὴν Ἀσίην Λακεδαιμόνιοι Δωριέες ἐποιήσαντο“.

Jam vero Democedes Crotoniates per Atossam Dario cupiditatem injicit Graeciae opprimendae, et consulto quidem Herodotus Atossam facit ita loquentem: (III, 134) σὺ δέ μοι ἐπὶ τὴν Ἑλλάδα στρατεύεσθαι · ἐπιθυμέω γὰρ λόγῳ πυνθανομένη Λακαίνας τέ μοι γενέσθαι θεραπαίνας καὶ Ἀργείας καὶ Ἀττικὰς καὶ Κορινθίας.

---

gereiht wird, denn die Perser sind es, gegen welche die 'grosse That gethan, die Freiheit gerettet worden ist“.

Jam praeter Graeciam totus orbis terrarum venit in' Persarum potestatem, jam occupata sunt Byzantium, Lemnos, Imbros (V., 26); barbari magis magisque appropinquant Graecis eosque quasi rete quodam circumdant. Hippias patria expulsus omnibus nititur viribus, ut a Persis in tyrannidem restituatur; Athenienses vero, ab Artaphrene per legatos Hippiam tyrannum recipere jussi, manifesto Persarum esse hostes malunt, quam libertatem nuper recuperatam prodere (V., 96). Graeci Asiae minoris ultimas ad libertatem recuperandam intendunt vires, sed res ut temere institutae ita male gestae nihil efficiunt aliud, nisi ut Graeci rebellantes vexentur duriore servitio, et Darius ab Atheniensibus, quod Jonibus auxilium tulissent, poenas exigere consilium capiat (V, 105). Jam alea jacta est. Persarum enim regnum jam eo potentiae pervenit, ut, quod essent, qui ipsis non obedire auderent, aegre ferrent. Ingentes opes maximaeque hominum copiae comparantur ad Graeciem opprimendam funditusque evertendam; omnia ad generis humanis libertatem exstinguendam videntur esse conjuncta atque conjurata. Ubi victoriae spes, ubi libertatis refugium? At, quid sit futurum, „θεῶν ἐν γούνασι κεῖται‟. Enimvero dii humani generis libertatem, quod jus fasque est, tuentur ac conservant, quam sententiam esse Herodoteam, jam commonstrare aggredior.

Ut enim bellum divinitus institutum esse ita utique in summo rerum discrimine τὸ θεῖον vel δαιμόνιον, ut res bene eveniat, efficere Herodoto videtur. Itaque ante pugnam Marathoniam Graecis indicatur prodigio, fore, ut multas magnasque perpetiantur calamitates (VI., 98), neque minus Hippiae accidit miraculum, unde rem a Persis male gestum iri praesagit. Jam vero Xerxes, quum ultionis tum regni finium promovendorum cupiditate incensus (VII., 8), utitur somniis, quae eum ad periculum subeundum incitent (VII., 12). Quamvis

Artabanus dissuadeat, neque tamen, quum eadem somnia vidisset, facere posest, quin cedat deorum voluntati (VIL, 17). Diis igitur, qui Persas mittant contra Graecos, est attribuendus belli exitus: (VII, 15.) „εἰ ὦν θεός ἐστι ὁ ἐπιπέμπων καὶ οἱ πάντως ἐν ἡδονῇ ἐστι γενέσθαι στρατηλασίην ἐπὶ τὴν Ἑλλάδα,‟ κ. τ. λ.

Itaque Xerxes et superbia (VII, 8, § 3) et opum copiarumque nimia confidentia adeo obcaecatus, ut Hellespontum castigari jubeat neque prodigiis ab instituto possit absterreri (VII., 35 et 57), ruit in perniciem. Classis porro Persarum per tres dies tempestate procellisque turbidis, quas dii mittunt, (VII, 178), foedissime vexatur atque paene deletur; quem ad finem, dicit ipse Herodotus: (VIII, 13.) „ἐποιέετό τε πᾶν ὑπὸ τοῦ θεοῦ, ὅκως ἂν ἐξισωθείη τῷ Ἑλληνικῷ τὸ Περσικὸν μηδὲ πολλῷ πλέον εἴη‟. Quanti autem Herodotus illud deorum auxilium fecerit, jam eo liquet, quod in maritimis copiis totam Graeciae salutem esse positam putaret (VII, 139).

Jam vero illud quoque memorabile est, quod pater historiae omnia prodigia et ante pugnas et in ipso rerum discrimine facta diligentissime profert. Itaque ante pugnam Salaminiam terram motam esse memoriae tradidit (VIII, 64.). Dicaeus porro Atheniensis ex pulvere tanquam ab hominum frequentia excitato et ex festivo sonitu e longinquo exaudito Persarum classis praedicit stragem atque perniciem: (VIII, 65) τάδε γὰρ ἀρίδηλα ἐρήμου ἐούσης τῆς Ἀττικῆς, ὅτι θεῶν τὸ φθεγγόμενον, ἀπ᾽ Ἐλευσῖνος ἰὸν ἐς τιμωρίην Ἀθηναίοισί τε καὶ τοῖσι συμμάχοισι‟. (cf. VIII, 77 et 94.) Neque minus Plataeensis pugnae dii adducunt bonum eventum (VIII, 114; IX, 64 et 61.); imo vero Graecos divina fama, rem prospere ad Plataeas gestam esse, ad fortiter pugnandum excitat, ut fere dii ipsi pro Graecis pugnasse videantur (IX, 100.). Sed quid longus sum? Quod longa quodammodo oratione exposui, Themistocles una complectitur sententia: (VIII, 109.) „τά δε γὰρ οὐκ

ἡμεῖς κατεργασάμεθα, ἀλλὰ θεοί τε καὶ ἥρωες, οἳ
ἐφθόνησαν ἄνδρα ἕνα τῆς τε Ἀσίης καὶ τῆς Εὐρώπης
βασιλεῦσαι ἐόντα ἀνόσιόν τε καὶ ἀτάσθαλον· ὃς τά
τε ἱρὰ καὶ τὰ ἴδια ἐν ὁμοίῳ ἐποιέετο, ἐμπιπράς τε
καὶ καταβάλλων τῶν θεῶν ἀγάλματα· ὃς καὶ τὴν θά-
λασσαν ἀπεμαστίγωσε πέδας τε κατῆκε“.

Quam ob rem dii opitulati sint Graecis, Persas affe-
cerint calamitatibus, non jam potest esse in dubio, quum
praeter modo allatum locum idem declaret hic: (VIII, 143)
„νῦν τε ἀπάγγελλε Μαρδονίῳ ὡς Ἀθηναῖοι λέγουσι,
ἔστ᾽ ἂν ὁ ἥλιος τὴν αὐτὴν ὁδὸν ἴῃ τῇ καὶ νῦν ἔρχε-
ται, μήκοτε ὁμολογήσειν ἡμέας Ξέρξῃ· ἀλλὰ θεοῖσί
τε συμμάχοισι πίσυνοί μιν ἐπέξιμεν ἀμυνόμενοι καὶ
τοῖσι ἥρωσι, τῶν ἐκεῖνος οὐδεμίαν ὄπιν ἔχων ἐνέπρησε
τούς τε οἴκους καὶ τὰ ἀγάλματα“. (cf. VIII, 144;
IX, 65 et 76 et 91.).

Jam quod proposui explicasse et commonstrasse
mihi videor. Jrae dissidiaque enim jam antiquitus inter
barbaros et Graecos vigentia, ut fieri inter gentes servituti obnoxias et libertatis cupidissimas necesse est, in
bello Persico, quum barbaria omnibus copiis contra
libertatem belligeraret, ad summum fastigium pervene-
rant (VII, 11). Quo bello, utrum totum genus humanum
unius nutui obediret (VII. 8, § 3), utrum unus homo ut
deus coleretur (VII, 56), an generi humano libertas
vindicaretur, in discrimen venit armisque disceptatum
est.[26] Dii autem, quum stent a libertate atque huma-
nitate, eam non tueri non possunt, quare Graeci a diis sunt
adjuti, puniti barbari. Quam sententiam non minus Aeschylum in Persis aperuisse, jam supra (p. 9 sq.) monuimus.

Jam restat, ut illud etiam commemorem, pugnam
Himerensem Herodotum ut ad propositum suum perti-

---

[26] Vid. Dahlmannum l. l. p. 170: „Die Griechen, die dem
Darius und Xerxes widerstanden, haben für uns alle gesiegt und
gekämpft“.

nentem attigisse. Recte sane Dahlmannus monuit, societatem a Carthaginiensibus cum Persis ad Graecos subigendos initam non novisse Herodotum, altum certe apudeum ea de re esse silentium (l. l. p. 188 sq.). Neque
attinet ea, quae attulit Dahlmannus, argumenta hoc loco
perscrutari, sed ostendisse Herodotum, quod enarraret
illud bellum Siciliense, a proposito suo non aberrare
sed rem ipsam agere putasse, satis mihi est. Si enim
foedus illud, ut Dahlmannus contendit, eorum pravo
studio historiam perturbante ictum est, qui tres illas
pugnas, quod eodem spectarent, conjunxere, qui duas
ex illis eodem die pugnatas esse fabulabantur, Herodotus
jam illis pro historiae fontibus usus est, neque, an sit
verum, quod audiisset, necne, dubitare videtur, recepit
igitur sententiam jam sua aetate longe lateque vulgatam:
(VII, 166.) „πρὸς δὲ καὶ τάδε λέγουσι, ὡς συνέβη τῆς
αὐτῆς ἡμέρης ἔν τε τῇ Σικελίῃ Γέλωνα καὶ Θήρωνα
νικᾶν Ἀμίλκαν τὸν Καρχηδόνιον καὶ ἐν Σαλαμῖνι
τοὺς Ἕλληνας τὸν Πέρσην“ [27])

Quamquam, num Herodotus idem atque Aeschylus
apud aequales consequi voluerit, satis dilucide non potest comprobari, jure tamen meo contendo Graecos ejus
aetatis, quum legissent Herodoti historiam, profecto esse
imbutos timore deorum. Utrum igitur autor eo consilio historiam conscripserit, an inconsulto, qua fuerit
indole atque erga deos pietate, illud fecerit, quis certo
scire potest? Omnes vero Graeciae civitates, quae conjunctae atque consociatae, contentione de principatu
deposita, contra barbaros pugnare deberent, historicum
nostrum pro una gente atque populo habuisse, jam eo

---

[27]) Dahlmannus (l. l. p. 186.) sic disputans: „Herodot gedenkt
des sicilischen Krieges der Kathager bei Gelegenheit des persischen
in Hellas uud als ungefähr (sic) in die Zeit gehörig“. paulo nimis
pro focis mihi videtur dixisse. Quod ille contendit, Herodoti operis esse caput bellum Persicum, vehementer concedo, neque, qui
negent, inveniuntur.

colligi licet, quod laudibus effert Athenienses propter modestiam et omne bellum domesticum id est inter Graecos gestum abominatur atque aversatur: (VIII, 3) „ἀντιβάντων δὲ τῶν συμμάχων εἶχον οἱ Ἀθηναῖοι μέγα πεποιημένοι περιεῖναι τὴν Ἑλλάδα, καὶ γνόντες, εἰ στασιάσουσι περὶ τῆς ἡγεμονίης, ὡς ἀπολέεται ἡ Ἑλλάς, ὀρθὰ νοεῦντες· στάσις γὰρ ἔμφυλος πολέμου ὁμοφρονέοντος ˮ τοσούτῳ κάκιόν ἐστι ὅσῳ πόλεμος εἰρήνης“.

Auctorem autem nostrum talibus aliisque ejusmodi sententiis operi intextis nihil aliud egisse, nisi ut historiam memoriae traderet, quod vult Dahlmannus (l. l. p. 213), mihi non possum persuadere, quamvis illi concedam, potissimum Herodotum operam dedisse historiae.[28]

Jam priore hujus dissertationis parte perorata, strictim attingamus illam quoque quaestionem, num Herodotus ab Aeschyli Persis consilium suum mutuaverit. Namque Aeschylum primum illam sententiam, qua tres illae trilogiae fabulae quasi una complexione cohaereant, tam dilucide in medium protulisse, mihi plane est persuasum, praesertim quum Phrynichus, qui paucis ante annis[29] Phoenissas docuerat, victoriam Salaminiam hac fabula opipare illustravisset neque quidquam sibi ejusmodi consilii assumpsissiet[30]. Negaverim vero, Herodotum directo ex Aeschyli Persis hausisse operis sui consilium, quod ille, quamvis Aeschylus cum historia Herodotea discrepet — causas belli, ut nomina tum ducum tum gentium omittam, Aeschylus inflexit — [31] nunquam Aeschyli habuit rationem, quod facere solitus est, quum

---

[28] Vid. Creuzer: Hist. K. d. Gr. p. 270sq.

[29] Pagna Salaminia Ol, 75, 1; Phrynichus obiit Ol. 76, 2; Persas Aeschylus docuit Ol, 76, 4.

[30] Vid. Brentano l. l. p. 9.

[31] Vid. Schützii comment. ad Persas, p. 7sq. et Baehrium, ed. alt. IV, p. 452.

de re quadam inveniret hominum dissensiones. Quodsi putabis Herodotum vulgata et potissimum eorum, qui religioni a majoribns acceptae fidem habentes instituta, leges moresque majorum retinere studerent, sententia in historia conscribenda usum esse, proxime ad meum arbitrium accedes. [32]) Sed haec hactenus, ad alteram dissertationis partem transeamus, ut perscrutemur,

II. Quanta sit inter Aeschylum et Herodotum religionis similitudo.

§ 1. Quatenus veteres in rerum divinarum cognitione profecerint ante Aeschylum.

Quodsi ad cujusque rei perceptionem historia duce optime perveniri potest, neque quisquam illam negligens, quid veteres de qualibet re cogitaverint, vere dijudicabit, nos quoque nobis inquisitionem religionis Aeschyleae et Herodoteae aggredientibus, quid Graeci de rebus divinis ante Aeschylum senserint, quatenus Hemerica religione inflexa atque immutata ad puriorem deorum notionem progressi sint, in memoriam revocemus. Est enim illa Homerica religio, ut paucis dicam, polytheismus ad illorum temporum, quibus ortus est, condi-

---

[32]) Herodotus uno tantum loco (II, 156.) Aeschyli mentionem fecit: „ἐκ τούτου δὲ τοῦ λόγου καὶ οὐδενὸς ἄλλου Αἰσχύλος ὁ Εὐφορίωνος ἥρπασε τὸ ἐγὼ φράσωμοῦνος δὴ ποιητέων τῶν προγενομένων· ἐποίησε γὰρ Ἄρτεμιν εἶναι θυγατέρα Δήμητρος“. Sin vero verisimile est, dramata Aeschyli Herodotum non perlegisse, aliunde illud eum comperisse necesse est, neque ulla suspicio ad verum propius accedat, quam Herodotum, Aeschylum Dianam Cereris filiam nominasse, eo novisse, quod Aeschylus mysteriorum profanationis accusatus esset; cujus accusationis ut vulgatae mentionem fecit Aristoteles. Eth. Nicom. III, 2. Herodotus ipse hujus suspicionis ansam dedit his verbis: „καὶ οὐδενὸς ἄλλου“. Pluribus persequitur hanc rem R. Dahms: „De Aeschxli vita“. Berol. 1860, p. 43sqq. Cf. Welcker, l. l. p. 106. Haym, l. l. p. 19sq.

cionis humanae similitudinem conformatus. Dii vivunt, agunt, reguntur simili modo atque homines, potentia tantum ac vi et immortalitate illis sunt praestantiores. Unus Juppiter et potentia et ratione ceteros superat ac coercet, neque tamen hi illi litem movere ac reniti desinunt (cf. Il. XV, 143—219). Quamquam non est meum religionem Homericam plane depingere; satis habeo ostendisse, illam cuiquam de rebus divinis animo secum reputanti non potuisse sufficere. Enimvero Homeri aetas illis fabulis pia mente, ut decet hominum pueritiam, fidem tribuit vel potius de veritate non dubitavit. Quum autem mens ratioque humana pubescens de religione a majoribus accepta mirificisque fabulis involuta cogitare atque rationem sibi reddere inciperet, maxime offendit in illa simplicissima divinitatis notione eamque ad castiorem purioremque sensum revocare studuit. Atque speciem quandam animi deliberantis jam illa prae se fert poësis Hesiodea, quae dicitur. Welckerus quidem (l. l. p. 94 sq.) negat Hesiodi carminibus ideam progressus ab imperfecta atque indefinita natura ad tale quidquam, cui nihil sit par atque aequale, subjectam esse: „Bei näherer Betrachtung jedoch, inquit ille, zeigt sich, dass die ganz rohe Erfindung eines Dynastiewechsels unter den Göttern und der Götterkrieg keineswegs gemacht ist, um Ideen über Weltbildung und Weltalter auszudrücken, sondern um Personen und Vorstellungen verschiedener Art zu einem ganzen zu vereinbaren und zufällig entstandene Widersprüche poetisch aufzuheben. Durch dies fabelhafte willkührliche Verknüpfen erscheint das Einzelne meist im falschen Licht, und kein neuer religiöser oder philosophischer Sinn ist in das Ganze gelegt worden.“ At si animo perpenderis totius mundi statum a principiis indefinitis a „rudi indigestaque mole“, quod Hesiodus χάος appellat, procedere ad numerum atque ordinem quendam, quem κόσμον Graeci vocant, illudque χάος se evolvens ac dirimens per complures, ut

ita dicam, gradus, a tenebris ad lucem, a condicione
ratione vacua ad participem rationis deduci, Jovem denique *Κρόνου* liberorum non primum, ut apud Homerum,
sed ultimum natum esse, non jam, puto, cum Welckero
consenties, sed fateberis potius, esse re vera ideam
progressus in poësi Hesiodea intextam, fateberis etiam,
carmina illa esse provectioris aetatis, quae res divinas
speculari instituat.[33]) Neque minus Orphica, quae vocatur, poësis Hemericam religionem transformavit, sed ne
longus sim, illa momenta, quibus progressus continetur,
breviter exponam. Primum, quod est caput, polytheismus in monotheismi formam quandam est conversus, ut
tota rerum natura sit, ut ita dicam, Jovis emanatio;
Juppiter enim, quum omnia in se recepisset — *Φάνητος
κατάποσις* — omnia iterum ex se exposuit.[34]) Alterum
hoc est, quod animus humanus in se ipse consistere neque ex corpore pendere putaretur, unde illud „*σῶμα
σῆμα*" profectum est.[35]) Jam philosophi quoque, qui ante
Aeschylum floruerunt, divinitatis emendaverunt notionem.
Namque Xenophanes refutavit ut ineptias commentaque
rixas cavillationesque deorum, exemit liberavitque divinitatem omnibus omnino humanis cupiditatibus,[36]) itemque

---

[33]) Vid. Bernhardy: „Grundriss der griech. Litteratur". II,
p. 269 sqq. L. Preller: Gr. Mythol. I, p. 26. (ed. alt.) C. A. Brandis: „Hanb. der Gesch. der Griech.-Römischen Philos." Berlin, 1835.
I, p. 73 sqq. Naegelsbach. Nachhom. Theol. p. 100 sq.

[34]) Cf. Bernhardy, l. l. II, p. 428 sq. et Brandis, l. l. I, p. 63 sq.

[35]) Vid. Bernhardy, l. l. II, p. 430 Brandis, l. l. I, p. 64.
Naegelsbach, l. l. p. 401 sq.

[36]) Vid. Sext. Empir. adv. math. IIXL, 193: *πάντα θεοῖς
ἀνέθηκεν Ὅμηρός θ᾽ Ἡσίοδός τε, ὅσσα παρ᾽ ἀνθρώποισι ὀνείδεα
καὶ ψόγος ἐστί, κλέπτειν, μοιχεύειν τε καὶ ἀλλήλους ἀπατεύειν.* (Cf.
Brand. l. l. I, p. 362. N. Z.)

opinionem, deos humana forma esse praeditos, aversans contendit, deos non esse genitos. [37])

Est omnino illa aetas memorabilis atque insignis animorum alacritate; omnes enim artes, omnes scientiae disciplinaeque mirum quantum excoli caeptae sunt. Quibus conatibus et animorum contentionibus, praesertim quum Athenas, communi libertatis hoste devicto, eruditissimus quisque tanquam ad mercaturam bonarum artium proficisceretur, Aeschylum plane afuisse, vix est credendum. Refuto sane, quod Cicero (Tusc. II, 10) Aeschylum non poëtam solum sed Pythagoreum etiam fuisse dixerit, neque minus consentio cum Haymio, [38]) qui Valckenarii opinionem, Aeschylum Anaxagorae sectae addictum fuisse, refellit. Enimvero nihil certi nobis de Aeschyli educatione est traditum, credere tamen possumus, eum omni esse liberali eruditione institutum multaque aetati atque aequalibus suis debere. Jam vero poetam nostrum initiatum fuisse mysteriis, ex Aristophanis versibus (Ranae 886 et 887 B.) conjici licet.

„Δήμητερ ἡ θρέψασα τὴν ἐμὴν φρένα
εἶναί με τῶν σῶν ἄξιον μυστηρίων“.

Atque idem fere est dicendum de Herodoti eruditione neque potest negari, virum, qui totum fere orbem terrarum perlustrasset, [39]) studia animorumque contentiones suae aetatis cognovisse. Namque earum, quae

---

[37]) Vid. Euseb. Praep. evang. XII, p. 678.
„εἷς θεὸς ἔν τε θεοῖσι καὶ ἀνθρώποισι μέγιστος
οὔτε δέμας θνητοῖσι ὁμοίϊος οὔτε νόημα“.
et Aristot. Rhetor. II, 23, p. 1399, b, 6: „οἷον Ξενοφάνης ἔλεγεν ὅτι ὁμοίως ἀσεβοῦσιν οἱ γενέσθαι φάσκοντες τοὺς θεοὺς τοῖς ἀποθανεῖν λέγουσιν· ἀμφοτέρως γὰρ συμβαίτει μὴ εἶναι τοὺς θεοὺς ποτε“. Invenies hos locos ap. Brandis l. l. I, p. 360, N. v. et x. (cf. ibid. N. w.)

[38]) „De divin rerum ap. Aeschyl. condit“. p. 17.

[39]) Vid. Baehrium, ed. alt. IV, p. 423 sqq. et Steinium, Einleit. p. 14 sq.

tum erant, litterarum non imperitus est pater historiae,[40])
neque minus novit philosophorum et sophistarum placita.[41])
Sed plura de Aeschyli et Herodoti eruditione exquirere
desistamus, accedamus potius propius ad propositum.

§ 2. Scriptores nostri religioni a majoribus acceptae fidemne habuerint, brevis investigatio.

Atque Aeschylum quidem in universum de rebus
divinis ut hominem Graecum ejus aetatis cogitasse atque
putasse, compluria esse numina divina, quae mundum
humanamque vitam administrantes pia mente coli deberent, pro certo habeo. An putas, poetam, quibus ipse
fidem non tribuerit, ea civibus ut maxime colenda sancte-
que veneranda ante oculos posuisse, dum ille Athenienses admoneat, Eumenides ut pietate prosequantur, ipsum
eas pro diis non habuisse? Vide Eum. 990—995:

„ἐκ τῶν φοβερῶν τῶνδε προσώπων
μέγα κέρδος ὁρῶ τοῖσδε πολίταις.
τάσδε γὰρ εὔφρονας εὔφρονες ἀεὶ . . . .
μέγα τιμῶντες καὶ γῆν καὶ πόλιν
ὀρθοδίκαιοι
πρέψετε πάντες διάγοντες“. et v. 1019 et 1020:
. . . . . . „μετοικίαν δ᾽ ἐμὴν
εὖ σέβοντες οὔτε μέμψεσθε συμφορὰς βίου“.
(Cf. 804—807.)

Eumenidum consulto mentionem feci; de Apolline,
Athena, Poseidone (cf. Pers. 750) ne unum quidem verbum proferam. Neque secius Herodotus stat a poly-
theismo singulisque diis vim potestatemque attribuit:
Alyattes, rex Lydorum, jam per complures annos Mile-
siorum pervastaverat agros, duodecimo autem belli anno,

---

40) Cf. II, 117, 135; III, 38; IV, 32; V, 36. 95. 102; VII, 102;
VIII, 6. Vid. interpretes ad. h. locos et Dahlmannum, l. l. p. 66
et 101 sq.

41) II, 123; IV, 95; III, 72, 80. Vid. Baehrium IV, p. 405 ♦
et 437 sq.

quum segitibus incensis templum combustum esset Athenae,[1] ille in morbum cecidit. Quamquam audiamus potius Herodotum: (I, 19.) „ὡς ἄφθη τάχιστα τὸ λήϊον, ἀνέμῳ βιώμενον ἅψατο νηοῦ Ἀθηναίης ἐπίκλησιν Ἀσσησίης, ἀφθεὶς δὲ ὁ νηὸς κατεκαύθη, καὶ τὸ παραυτίκα μὲν λόγος οὐδεὶς ἐγένετο, μετὰ δὲ τῆς στρατιῆς ἀπικομένης ἐς Σάρδις ἐνόσησε ὁ Ἀλυάττης. μακροτέρης δὲ οἱ γενομένης τῆς νούσου πέμπει ἐς Δελφοὺς θεοπρόπους... τοῖσι δὲ ἡ Ποθίη ἀπικομένοισι ἐς Δελφοὺς οὐκ ἔφη χρήσειν πρὶν ἢ τὸν νηὸν τῆς Ἀθηναίης ἀνορθώσωσι", κ. τ. λ.; quibus ut testimonium addidit: „Δελφῶν οἶδα ἐγὼ οὕτω ἀκούσας γενέσθαι·" Alyattes quum duo Athenae exstruxisset templa, morbo liberatus est: (I, 22.) „καὶ δύο τε ἀντ᾽ ἑνὸς νηοὺς τῇ Ἀθηναίῃ οἰκοδόμησε ὁ Ἀλυάττης ἐν τῇ Ἀσσησῷ, αὐτός τε ἐκ τῆς νούσου ἀνέστη".

Itemque Junonem pro dea Herodotum habuisse, hinc elucet: (IX, 61.) „καὶ οὐ γάρ σφι ἐγίνετο τὰ σφάγια χρηστά, ... οὕτω ὥστε πιεζομένων τῶν Σπαρτιητέων καὶ τῶν σφαγίων οὐ γινομένων ἀποβλέψαντα τὸν Παυσανίην πρὸς τὸ Ἡραῖον τὸ Πλαταιέων ἐπικαλέσασθαι τὴν θεόν, ... καὶ τοῖσι Λακεδαιμονίοισι αὐτίκα μετὰ τὴν εὐχὴν τὴν Παυσανίεω ἐγίνετο θυομένοισι τὰ σφάγια χρηστά·"

Jam vero Herodoto videtur esse mirabile, ne unum quidem Persarum circa Cereris lucum dimicantium in locum deae sacratum ingressum ibique occisum esse, cujus miraculi causam investigans venit ad hanc suspicionem: (IX, 65.) „δοκέω δέ, εἴ τι περὶ τῶν θείων πρηγμάτων δοκέειν δεῖ, ἡ θεὸς αὐτή σφεας οὐκ ἐδέκετο, ἐμπρήσαντας τὸ ἱρὸν τὸ ἐν Ἐλευσῖνι ἀνακτόριον".

Quibuscum locis si contuleris hos quoque VIII, 36: ὁ δὲ θεὸς σφεας οὐκ ἔα κινέειν, φὰς αὐτὸς ἱκανὸς εἶναι τῶν ἑωυτοῦ προκατῆσθαι". et c. 37: „ἐπεὶ γὰρ δὴ ἦσαν ἐπιόντες οἱ βάρβαροι κατὰ τὸ ἱρὸν τῆς Προναίης Ἀθηναίης, ἐν τούτῳ ἐκ μὲν τοῦ οὐρανοῦ κε ϱαυνοὶ αὐτοῖσι ἐνέπιπτον, ἀπὸ δὲ τοῦ Παρνησσοῦ ἀποῤῥαγεῖσαι δύο κορυφαὶ ἐφέροντο πολλῷ πατάγῳ ἐς αὐτοὺς καὶ κατέλαβον συχνούς σφεων, ἐκ δὲ τοῦ ἱροῦ τῆς Προναίης βοή τε καὶ ἀλαλαγμὸς ἐγίνετο." quam narrationem Herodotus hoc testimoneo comprobat: (c. 39) „οἱ δὲ πεσόντες ἀπὸ τοῦ Παρνησσοῦ λίθοι ἔτι καὶ ἐς ἡμέας ἦσαν σόοι", non jam, puto, negabis, patrem historiae ex animo fuisse deditum Graecorum religioni. Eodem item spectat ejus fides, quam oraculis et prodigiis tribuit, quod ex multis locis, quos singulatim enumerare longum est, potest concludi [42]).

Imo vero dubitationem, num sint vera oracula *Βάκιδος*, Noster aversatur: (VIII, 77.) „Χρησμοῖσι δὲ οὐκ ἔχω ἀντιλέγειν, ὡς οὐκ εἰσὶ ἀληθέες, οὐ βουλόμενος ἐναργέως λέγοντας πειρᾶσθαι καταβάλλειν, ἐς τοιάδε πρήγματα ἐσβλέψας .... καὶ οὕτω ἐναργέως λέγοντι Βάκιδι ἀντιλογίης χρησμῶν πέρι οὔτε αὐτὸς λέγειν τολμέω οὔτε παρ' ἄλλων ἐνδέκομαι". (Cf. VI, 27.)

§ 3. Quemadmodum puriorem autores nostri spectaverint deorum naturam.

Monendum est autem, Aeschylum, etiamsi deos humana forma et corpore praeditos exhibeat, eos tamen quam maxime a vitiis mendisque cum corpore conjunctis liberasse, ut numina eorum tempori et spatio non sint obnoxia. Apud Homerum enim ipse Juppiter optimus maximus potest falli ac decipi et somno occupatus nihil animadvertit (Il. XIV, 153—351). Itemque, quamquam eminus res gubernare potest, ut res tamen ita, ut velit, eveniant, ipse eas oculis adspiciat necesse est (Il. VIII, 51 et 52, ibidq. 397 et 398). Apud Aeschylum vero Apollo etiam eminus Orestem tuetur: (Eum. 64—66.)

---

[42]) Vid. I, 47, 49, 62, 78, 85, 86, 175; II,, 18, 151 et 152; IV, 155; V, 61; VI, 19, 27, 98; VII, 140, 219; VIII, 20, 30, 96, 135; IX, 33, 35, 43, 100. Cf. Dahlmannum l. l. p. 103.

„οὗτοι προδώσω · διὰ τέλους δέ σοι φύλαξ
ἐγγὺς παρεστὼς καὶ πρόσω δ' ἀποστατῶν
ἐχϑροῖσι τοῖς σοῖς οὐ γενήσομαι πέπων".
(Cf. Eum. 297 ibidq. 250. et 403. et Choeph. 201.)

Juppiter prorsus sine ullo labore, sine ulla opera
omnia voluntate perficit. Vide Eum. v. 650 et 651:

. . . „τὰ δ' ἄλλα πάντ' ἄνω τε καὶ κάτω
στρέφων τίϑησιν οὐδὲν ἀσϑμαίνων μένει".

et Suppl, v. 598 et 599:

„πάρεστι δ' ἔργον ὡς ἔπος
σπεῦσαί τι τῶν βούλιος φέρει φρήν".

ibid. v. 90 et 91:

„πίπτει δ' ἀσφαλὲς οὐδ' ἐπὶ νώτῳ,
κορυφᾷ Διος εἰ κρανϑῇ πρᾶγμα τέλειον".
(Cf. ibidem v. 95—100.)

Neque secius rejecit Aeschylus e deorum concilio
lites ríxasque et mythos, quibus tale quid de diis traditum erat, commutavit opprobriisque deos liberáre studuit. Vide Eum. v. 4—7:

. . . . . „ἐν δὲ τῷ τρίτῳ
λάχει, ϑελούσης, οὐδὲ πρὸς βίαν τινὸς,
Τιτανὶς ἄλλη παῖς Χϑονὸς καϑέζετο,
Φοίβη·"

Aliis locis spectatores poëta videtur admonere, ut
considerent, quid veri tales mythi praebeant, ut
Suppl. 295:

„μὴ καὶ λόγος τις Ζῆνα μιχϑῆναι βροτῷ";
et Agam. v. 1203:

„μῶν καὶ ϑεός περ ἱμέρῳ πεπληγμένος";
(Cf. Eum. v. 640—643 et 723—728.)

Enimvero, etsi in fabularum decursu ejusmodi mythos ut veros tractavit poëta, elucet tamen, eum de his
rebus vehementer dubitasse, neque est poëtae dramatici
pluribus mythos vexare, quare cum Welckero, qui Aeschy-

lum Prometheum vinctum eo consilio composuisse arbitratur,[43]) non possum consentire.

Numquis autem diutius infitiabitur, Aeschylum puriorem divinitatis notionem esse secutum eamque aequalibus injicere voluisse et quodammodo inculcare?[44])

Itemque apud Herodotum nobis ocurrunt loci, qui non minimam praebeant occasionem suspicandi, eum deos ex corpore exemtos voluisse. Persarum enim religionem ita exposuit, ut eam, quae aversetur deos humana forma praeditos, magis puram Graecorum anthropomorphismo, qui vocatur, opponere videatur (I, 131). Accedit, quod omnibus omnium gentium institutis et ad res publicas et ad religionem pertinentibus eandem vim eamdemque auctoritatem attribuit (III, 38). Praeterea nomina deorum, quos antiquissimo tempore Pelasgi nondum distinctos ac discretos et nominibus et muneribus coluissent, eorumque formas ante suam aetatem ab Hesiodo et Homero descripta et constituta esse putat (II, 53), quam sententiam diserte ut suam ipsius sibi vindicat:

„τούτων τὰ μὲν πρῶτα αἱ Δωδωνίδες ἱρεῖαι λέγουσι, τὰ δὲ ὕστερα τὰ ἐς Ἡσίοδόν τε καὶ Ὅμηρον ἔχοντα ἐγὼ λέγω“[45]).

Quod vocem θεῶν derivatam vult a verbo „τιθέναι“, olet sane Anaxagorae disciplinam[46]); at Herodotus his verbis: (II, 52.) „θεοὺς δὲ προσουνόμασαν σφεας ἀπὸ τοῦ τοιούτου, ὅτι κόσμῳ θέντες τὰ πάντα πρήγματα καὶ πάσας νομὰς εἶχον“, deos gubernare magis mundum omniumque rerum ordinem tueri quam mundum ejusque ordinem constituisse ac condidisse, mihi videtur indicare. Namque Herodotus non est is, qui ratione ac via res divinas speculetur, sed utique suae

---

43) „Aeschyl. Trilog. etc,“ p. 111.

44) Vid. Naegelbachium l. l. p. 8 et 17. et Welckerum l. l. p. 102 sq. et Muellerum: Emmenid. etc. p. 131.

45) Vide Baehrii excurs. ad h. l. ed. al. I, p. 855 sq.

46) Cf. Brandis, l. l. I, p. 248. Nott. h et i.

aetatis opiniones, easque eruditorum hominum recepit, magis philosophorum praecepta delibans quam funditus cogitatione hauriens.[47]) Sed haec hactenus, videamus porro,

§ 4. Quemadmodum polytheismus apud Aeschylum et Herodotum inclinet ad monotheismum.[48])

Namque Athena et Apollo, qui praeter ceteros deos res humanas maxime apud Aeschylum curant, adeo ex Jovis voluntate suspensi sunt, adeo ejus auctoritatem respiciunt, ut quasi instrumenta tantum Jovis optimi maximi esse videantur. Apollo enim est vates, cujus ore Juppiter loquitur, omnem vaticinationem Jovi acceptam refert.

Vide Eumenid. v, 17 et 18 et 19:

„τέχνης δέ νιν Ζεὺς, ἔνθεον κτίσας φρένα

---

[47]) Cf. Hoffmeisterum l. l. p. 6 sq. et Baehrium et Steinium ad h. l. et ad VI, 53.

[48]) Minime me, quominus hanc tractem quaestionem, deterret haec A. Jungii (l. l. p. 21.) sententia; „Jam non alienum a nostra disputatione videtur locos colligere, quibus Jovis majestas illustratur, praesertim quum alii interpretes Jovem Aeschyleum cujusdam monotheismi speciem prae se ferre putaverint, quo nihil perversius potest cogitari“. Mea quidem sententia confundit passim Jungius locos, qui aliquid ad Jovis naturam percognoscendam afferunt, quod quum inter *Μοῖραν* et Jovem vix distinguat, ei non accidere non potuit. De diis fatalibus enim (l. l. p. 5.) sic desputat: „Quare quidquid in vita humana ostenditur, id ad illos deos revocandum est. Huc referendi sunt: *Μοῖρα, Μοῖραι* etc. *Θέμις, Νέμεσις, ἄτη, τύχη* (sic), pro quibus interdum Olympii dii nominantur, ut *Ζεὺς, Ἀπόλλων*, deinde dii inferi: *Εὐμενίδες, Νύξ*. (?) Quibus de diis nescio an rectissime judicetur, si quis dicat, eos regere, ceteros facere“. Qui sunt ceteri? Est igitur pium votum Jungii, quum dicat: „Quibus locis (l. l. p. 23) nemo est, qui nostram sententiam de Jove supra expositam refutari contendat“. Neque meum est, Jungium, qui mecum maximis de rebus dissentiat, singulatim refellere; legas, quaeso, quae ille sibi explorata habet, quae ego, et judica.

ἵζει τέταρτον τόνδε μάντιν ἐν θρόνοις·
Διὸς προφήτης δ᾽ ἐστὶ Λοξίας πατρός‘‘.

Neque quidquam Apollo nisi jussus a Jove hominibus praedicit: (Eum. 616—618.)

„οὐπώποτ᾽ εἶπον μαντικοῖσιν ἐν θρόνοις,
οὐκ ἀνδρὸς, οὐ γυναικὸς, οὐ πόλεως πέρι,
ὃ μὴ κελεῦσαι Ζεὺς Ὀλυμπίων πατήρ‘‘.

(cf. Eum. v. 713 et 714 et fragm. No. 82 ap. Dind.)

Itemque Athena nutui Jovis obedit et reconcilia-
tionem placationemque Enmenidum Jovi assignat, ut
Jove auctore egisse videatur: (Enm. v. 826.)

κἀγὼ πέποιθα Ζηνὶ, καὶ τί δεῖ λέγειν;
καὶ κλῇδας οἶδα δώματος μόνη θεῶν,
ἐν ᾧ κεραυνός ἐστιν ἐσφραγισμένος‘‘·

ibidemque v. 973—975:

„ἀλλ᾽ ἐκράτησε Ζεὺς ἀγοραῖος,
νικᾷ δ᾽ ἀγαθῶν
ἔρις ἡμετέρα διὰ παντός‘‘.

Juppiter porro etiam in inferos dominans exhibetur
neque admodum Pluto a Jove disjungitur, ut in ejus
numen cetera coeant atque coalescant. Vide Suppl.
228—231:

. . . . . οὐδὲ μὴ ᾽ν ῞Αιδου θανὼν
φύγῃ ματαίων αἰτίας, πράξας τάδε.
κἀκεῖ δικάζει τἀμπλακήμαθ᾽ ὡς λόγος,
Ζεὺς ἄλλος ἐν καμοῦσιν ὑστάτας δίκας.

(cf. Choeph. 383—385.)

Jam Juppiter omnia voluntate sua perficit (vid. p.
26), ceteri autem dii ex auctoritate ejus agunt; ille omnes
res ad eventum ducit justissimum, quamquam nunquam
agens in scenam deducitur[49]; removet eum Aeschylus

---

[49] Haec consulto scripsi, quamvis non nesciam, in Psycho-
stasia Jovem ἐν θελογείῳ apparuisse. (Vid. Haymium l. l. p. 27.
et Naegelsbachium l. l. p. 2.). Recte prorsus mihi videtur Welckerus monuisse, Jovem nihil hic agentem, nihil loquentem, qua sit

a miseriis vitae humanae ab odio studioque partium, ut
tamquam summus judex, summus gubernator rerum et
humanae vitae omnia mente atque ratione administret,
dijudicet atque conservet, quo quidem sensu „τρίτος“
haud incommode appellatur. Vide Choeph. v. 244
et 245:

> „μόνον κράτος τε καὶ Δίκη σὺν τῷ τρίτῳ
> πάντων μεγίστῳ Ζηνὶ συγγένοιτό μοι“.

et Eum. v. 757—760:

> „Ἀργεῖος ἀνὴρ, αὖθις ἔν τε χρήμασιν
> οἰκεῖ πατρῴοις, Παλλάδος καὶ Λοξίου
> ἕκατι καὶ τοῦ πάντα κραίνοντος τρίτου
> σωτῆρος, κ. τ. λ.“

(Cf. Agam. 55 sq. et Suppl. 27.) [50]).

Mirabilis prorsus est hic Persarum locus: (Pers.
v. 739—742.)

> „φεῦ, ταχεῖά γ’ ἦλθε χρησμῶν πρᾶξις, ἐς δὲ παῖδ’ ἐμὸν
> Ζεὺς ἐπέσκηψεν τελευτὴν θεσφάτων· ἐγὼ δέ που
> διὰ μακροῦ χρόνου τάδ’ ηὔχουν ἐκτελευτήσειν θεούς·
> ἀλλ’ ὅταν σπεύδῃ τις αὐτός, χὠ θεὸς συνάπτεται.“

ubi una comprehensione conjungens Aeschylus pluralem
numerum vocis θεοῦ cum nomine Jovis idque eodem
sensu ansam praebet suspicandi, eum in universum nu-

---

majestate, esse cogitandum. Poëta, ut arbitror, spectatoribus hac
scena praebuit conspectum in Olympum, ut ita dicam, neque Jovem
ad homines deduxit, sed adduxit homines ad Jovem. Jam paene
mihi venit suspicio, Aeschylum Mercurium personas Jovis agentem
exhibuisse ut in Prometheo vincto, praesertim quum in vasis et
una patera (vid. Hirtii „Bilderbuch, p. 66.) Mercurius Jovis loco
inveniatur neque videre possim, cur artifices fabulam immutaverint,
nisi forte scenam quandam sint imitati. Testimonia porro sunt
suspensa ex Homeri interpretatione, ut suspicio non absit, ea Homeri locum tantum ante oculos habere. Sed jamjam oppressa est
mea suspicio et multitudine testimoniorum et Pollucis auctoritate.
Vid. fragm. Num. 276 ap. Dind.

50) Vid. Mueller: Eumenid. p. 118 sq. Naegelsbach, l. l.
p. 137 sq. Klausen: „Theolog. Aeschyli“, p. 75 sq.

men quoddam divinum respexisse idque in Jovis personam transtulisse. . Nescio igitur, uter magis juste gran-
diloguus sit vocandus Dronkejus an Jungius (cf. Jung. l.
l. p. 14); rectius sane Dronkeius mihi videtur Jovis
Aeschylei vim ac naturam percognovisse[51]).

Jam comprobatum esse arbitror omnem divinam
potestatem atque auctoritatem ad Jovem tanquam ad
fontem atque radicem referri, illumque a rerum natura
qnam maxime ab Aeschylo removeri. Modo caveas, ne
Jovem Aeschyleum ultra vel potius extra mundum ponas,
quod quidem Naegelsbachio accidit, qui de fragmento
hoc: (ap. Dind. 443.)

„Ζεύς ἐστιν αἰθὴρ, Ζεὺς δὲ γῆ, Ζεὺς δ' οὐρανός·
Ζεύς τοι τὰ πάντα χὥ τι τῶνδ' ὑπέρτερον".

sic disputat: (l. l. p. 138) „In welcher Stelle der an-
scheinende Pantheismus durch das χὥτι τῶνδ' ὑπέρτερον
wieder aufgehoben und in Zeus nicht blos das Moment
der Immanenz sondern auch der Transcendenz anerkannt
wird." At, si quidem est illud Aeschyli,[52]) quo ille con-
nexu, quo sensu his verbis usus sit, sciri non potest;
olent sane theologiam Orphicam, quam poëtae non igno-
tam fuisse, supra (p. 22) monuimus. Mea quidem sententia est illud „χὥ τι τῶνδ' ὑπέρτερον" transgressus

---

[51]) G. Dronke: „Die religiöse u. sittl. Vorstellungen des
Aeschylus und Sophocl.", in den Jahrb. für klass. Philol. ed.
Fleckeisen, IV Supplembd. 1. H. Leipzig, Teubner, 1861, p. 55:
„Es einigte sich aber alles, was die religiöse Gefühls- und Denk-
weise des Aeschylus in sich barg, in der einen Idee von Zeus.
Er war ihm der einzige wahrhafte Gott, der auf niemandes Befehl
hörte, auf dessen Geheiss alle andern zu hören hatten. Es ent-
sprang dieser monotheistische Grundzug aus der bewussten Er-
kenntniss, dass eine sittliche Lauterkeit der Weltordnung als un-
erlässliche Bedingung die Einheit alles Göttlichen, Gerechten,
Sittlichen nöthig habe; die ganze Weltordnung galt ihm als das
Werk des einen höchsten Gottes".
[52]) Vid. Nauckium in Schneidew. Philol. vol. IV, p. 535, qui
judicat, non Aeschyli sed Euripidis potius videre esse hos versus.

quidam mundi, qui excidat poëtae de deo extramundano non cogitanti, neque enim Aeschylus est is, qui agat philosophiae quaestuinculas,[53]) sed potissimum religionem a majoribus acceptam eamque ad rationem jam emendatam civibus injicere studuit. Si igitur illud dictum est Aeschyleum, minime ille intellexit, puto, vim ejusdem, ad quam nostrae aetatis interpretes illud relatum volunt. Nisi forte tibi magis placebit haec interpretatio. qua „τῶνδ' ὑπέρτερον“ mundi etiam partem eamque summam significare possit, .ut Juppiter tanquam omnia continens atque complectens sit cogitandus; quae sententia est sane meri, ut ita dicam, pantheismi, quo ne omnis ompino dei notio ut personae sui consciae et spiritus a materia sejuncti tollatur, timendum est. Ceterum est haec solitaria Aeschyli sententia, quam, quum minime in purum theismum, qui alias passim apud eum invenitur, quadret, aut juveni attribuere aut spuriam habere malim.

Sed de Jovis natura ac potentia infra disseremus, hoc loco id tantum agimus, ut, quomodo Aeschylea religio vergat in monotheismum, ante oculos ponamus.

Jam vero apud Herodotum quoque polytheismus speciem quendam prae se fert monotheismi. Saepe enim quum alias res tum ea momenta, in quibus maxime positus est rerum eventus, revocat ad supremum numen divinum, quod his vocibus: „τὸ θεῖον, τὸ δαιμόνιον, ὁ θεός, θεός“ significare solet. Quo eodem sensu numerum quoque pluralem — θεοί, οἱ θεοί — usurpavit, ut idem sensisse linguae tantum usu commotus ita loquutus esse videatur. Sed nisi molestum est, ad hoc comprobandum locos singulos afferam et enumerabo, ut quoties plurali numero, quoties singulari Herodotus de divino illo

---

[53]) Anaxagoras, qui primus Athenis philosophiam instituit, non ante Ol. 75 Athenas venit, et vix est credendum Aeschylum jam aetate provectiorem eum audisse. Cf. Brandis l. l. I, p. 233 sq.

numine usus sit, possit comparari. Huc autem eos locos, quibus de templo dei cujusdam sive fano, vel de sacrificiis diis oblatis sermo sit itemque, quibus voces, quas supra enumeravimus, ad deum quendam referantur, non pertinere est consentaneum. Atque singularem quidem numerum (θεός, ὁ θεός, δαίμων) usurpavit Herodotus vicies septies[54]), quo accedunt illi quinque loci,[55]) quibus voci θεοῦ sive δαίμονος addidit autor pronomen indefinitum, quod, etiamsi olet polytheismum, tamen indicat, Herodotum haud adeo ullius dei personam respexisse. Jam vero voces θεῖον, δαιμονίου sex locis exhibitae[56]) dilucide declarant, eum pervenisse ad generalem divinitatis notionem, qua summum numen divinum significaret illamque vim divinam, cui omnis rerum natura subjecta sit, quae omnes res deorum aeque ac mortalium regat atque gubernet.

Plurali quoque numero videlicet Noster usus est iisque locis, quibus in universum de divino numine loquitur, neque tamen, nisi vehementer fallor, saepius invenies quam undecies,[57]) iis locis exceptis, quibus pluralem numerum adhibere et Herodotus et quilibet homo Graecus solebat, ut in precibus, in jure jurando, obsecrationibus, in quibusdam denique dictis, verbi causa: „χάριν θεοῖς εἰδέναι, θεῶν τὰ ἴσα νεμόντων.“[58])

---

[54]) I, 32, 34, 210; III, 35, 65, 119; IV, 119 bis; VI 27, 53, 86, 98; VII, 8, § 1; c. 10, § 5 quater; c. 15; c. 16, § 3; c. 18 bis, 46; VIII, 13; 60, § 3; IX, 16, 78, 91.

[55]) I, 45, 86 bis; VI, 12; VII, 16, § 2.

[56]) I, 32; II, 120; III, 108; V, 87; VI, 84; VII, 16, § 3. Vocem δαίμονος vertisse Herodotum in malum sensum potest accipi, quum vox illa in malis rebus saepius inveniatur, nonnunquam tamen exhibetur in bonis ut: I, 111 et III, 119.

[57]) I, 27, 89, 124 bis, 158, 209; II, 139 bis; VIII, 65, 106; IX, 120.

[58]) Huc hos quoque locos non puto pertinere: VIII, 109 et VIII, 143, ubi propter heroum mentionem factam (ἀλλὰ θεοί τε καὶ ἥρωες) numerus singularis non congruit, itemque IX, 76 omisi,

Dignus prorsus, qui commemoretur, est locus hic: (I, 31.) Cleobis et Biton, quum matrem ad templum Junonis curru vexissent, quumque illa deam precata esset, ut filios optimo praemio ornaret, sopiti e vita excesserunt. Quamvis sit credendum, juvenibus hoc praemium dedisse Junonem, Herodotus tamen addidit haec: „διέδεξέ τε ἐν τούτοισι ὁ θεὸς ὡς ἄμεινον εἴη ἀνδρώπῳ τεθνάναι μᾶλλον ἢ ζώειν“. Cui consimile est libri I, c. 105: „τῶν πλεόνων Σκυθέων παρεξελθόντων ἀσινέων ὀλίγοι τινὲς αὐτῶν ὑπολειφθέντες ἐσύλησαν τῆς οὐρανίης Ἀφροδίτης τὸ ἱρόν. . . . . τοῖσι δὲ τῶν Σκυθέων συλήσασι τὸ ἱρὸν τὸ ἐν Ἀσκάλωνι καὶ τοῖσι τούτων ἀεὶ ἐκγόνοισι ἐνέσκηψε ὁ θεὸς θήλεαν νοῦσον“. (Cf. VI, 82.)

Itaque elucet, Herodotum non tam personas singulorum deorum quam generatim numen devinum, quo singuli dii contineantur, mentis oculis vidisse. Neque secius in una eademque re enarranda et singularem et pluralem numerum exhibet, ut intelligi possit, eum non aliam atque diversam divinitatis notionem cum utroque numero conjunxisse. Namque Cyrum facit ita loquentem: (I, 209.) „ἐμεῦ θεοὶ κήδονται καί μοι πάντα προδεικνύουσι κ. τ. λ.“, ad quae ipse addidit: (I, 210,) „τῷ δὲ (Cyro) ὁ δαίμων προέφαινε κ. τ. λ.“

(Cf. II, 120.) [59].

Jam vero perquiramus.

---

quod Persarum deorum impietas eo loco commemoratur propter templa deleta.

[59] Ingeniose de ea re disputat Hoffmeisterus l. l. p. 9: „Bei Homer sind die Götter induviduell, und die Vorstellung der Gattung mangelte beinahe noch dem im Einzeln lebenden kindlichen Sinn. Aber aus den vielen Göttern musste sich allmälich die Vorstellung Gott, Gottheit im Allgemeinen bestimmt hervorbilden. Die menschliche Vernunft geht einen unvermeidbaren Entwickelungsgang vom Einzeln zum Allgemeinen und von der Vielheit zur Einheit. So finden wir in dem Zeitalter des Herodot die Artvorstel-

§ 3. De animorum immortalitate quid scriptores nostri secum statuerint.

Etenim apud Homerum corpus humanum, quo vis naturaque hominis constet ac contineatur, pro ipso homine haberi nemo nescit. Illa Homeri aetas animum a corpore vel materia sejunctum ne cogitare quidem potuit, quam ob rem mortui hominis quasi umbra, quae quidem ipsa esset materia, superesse credebatur. Mortuorum umbrae neque sentientes neque sui consciae cogitabantur, quare Ulixem iis, ut veniret prioris vitae memoria, materiae aliquid, sanguinem ovium dico, praebere necesse fuit. Enimvero mysteriis et theologia orphica purior immortalitatis disseminatus est sensus (p. 23); proinde nunc jam, quid Aeschylus de ea re senserit, sciscitemur.

Agamemno mortuus et Darius ita apud Aeschylum invocantur, ut iis et perceptionis et memoriae vim facultatemque attribui non sit in dubio [60]. Itemque umbra Clytaemnestrae sentiens atque cogitans memoriaeque particeps in scenam ducitur (Eum. v. 94—116); neque minus Oresti mortuo vis quaedam et potentia in his etiam

---

lung der einzeln Götter und den Gattungsbegriff, jenen durch Ueberlieferung geheiligt und durch den Kult festgehalten, diesen als ein nothwendiges natürliches Erzeugniss der fortgerückten Kultur". Quibus quum assentiar, hoc etiam addere non puto esse alienum: Mens ratioque humana non solum a perceptione speciali ad generalem procedit, sed primus mentis secum neputantis, ut ita dicam, gradus est ejusmodi, ut singula quaeque momenta, quae notione quadam contineantur, dirimat atque discernat. Itaque haud admodum, arbitror, est absurdum contendere, polytheismum, qui carminibus Homeri ad fastigium atque finem quendam pervenerit, originem a monotheismi forma quadam duxisse. Enimvero polytheismus nihil est aliud, nisi unius numinis in compluria ac diversa momenta diremtio ac disjunctio.

[60]) Vid. Choeph. v. 4 et 5, 130, 156, 479 et 480; Pers. v. 620 sq. 637.

terris adscribitur (Eum. v. 767 sq.). Recte sane monuit
(l. l. p. 407) Naegelsbachius his locis de iis, qui mortui
heroum loco venerandi esse putarentur, esse sermonem.
At, quamvis illud viro doctissimo concedam, aliis tamen
locis me esse comprobaturum spero, conscentiam memo-
riamque omnes in morte de Aeschyli sententia retinere.
Namque poenae, quae ex mortuis exigendae sunt, non
ut in reges solum sed in totum genus humanum perti-
nentes commemorantur. Vide Eum. v. 269 sq.:

ὄψει δὲ κεῖ τις ἄλλος ἤλιτεν βροτῶν
ἢ θεὸν ἢ ξένον τιν᾽ ἀσεβῶν ἢ τοκέας φίλους,
ἔχονθ᾽ ἕκαστον τῆς δίκης ἐπάξια.
μέγας γὰρ ῎Αιδης ἐστὶν εὔθυνος βροτῶν
ἔνερθε χθονός, δελτογράφῳ δὲ πάντ᾽ ἐπωπᾷ φρενί.“

et Eum. v. 334 sq.:

„τοῦτο γὰρ λάχος διανταία
Μοῖρ᾽ ἐπέκλωσεν ἐμπέδως ἔχειν,
θνατῶν τοῖσιν αὐτουργίαι ξυμπέσωσιν μάταιοι,
τοῖς ὁμαρτεῖν, ὄφρ᾽ ἂν γᾶν ὑπέλθῃ· θανὼν δ᾽
οὐκ ἄγαν ἐλεύθερος.“

et Suppl. 228 sq., quem locum jam supra (p. 29) laudavimus. (Cf. Suppl. v. 414 — 416 et Choeph. v.
324—325.)

Atqui quomodo possint poenae criminum exigi atque
lui, nisi insit in mortuis conscientia et memoria, ne cogitari quidem potest. Reges autem mortui honoribus
solum, quibus utuntur, a reliquo mortuorum grege diffe-
runt, quod quidem, puto, est residuum quoddam Homeri
religionis. Vide Choeph. 255 sq.:

„φίλος φίλοισι τοῖς ἐκεῖ καλῶς θανοῦσι
κατὰ χθονὸς ἐμπρέπων
σεμνότιμος ἀνάκτωρ,
πρόπολός τε τῶν μεγίστων χθονίων ἐκεῖ τυράννων·
βασιλεὺς γὰρ ἦν, ὄφρ᾽ ἔζη, μόριμον λάχος περαίνων
χεροῖν πεισιβρότῳ τε βάκτρῳ“.

et Pers. v. 691:

„*ὅμως δ' ἐκείνοις ἐν δυναστεύσας ἐγὼ ἥκω*‟, ad quem locum scholiasta annotavit: „*ἤτοι μέγα ἐγὼ δυνηθεὶς ἐν τοῖς κάτω θεοῖς οἷα βασιλεὺς, καὶ παρ' ἐκείνων τιμώμενος καὶ μὴ λογιζόμενος ὡς οἱ λοιποὶ τῶν τεθνεώτων ἥκω*‟ (Darius).

Neque est, cur putemus, Aeschylum prorsus aliam atque Homerum et Tartarorum et condicionis mortuorum habuisse cognitionem; huc pertinet hoc fragmentum: (230 ap. Dind.)

„*καὶ τῶν θανόντων, οἷσιν οὐκ ἔνεστ' ἰκμάς*‟.

et „*Σοὶ δ' οὐκ ἔνεστι κῖκυς οὐδ' αἱμόῤῥοτοι φλέβες*‟.

Quod Naegelsbachius (l. l. p. 397) ex hoc fragmento: (257 ap. Dind.)

„*καὶ τοὺς θανόντας εἰ θέλεις εὐεργετεῖν,*

εἴτ' οὖν κακουργεῖν, ἀμφιδεξίως ἔχει

τῷ μήτε χαίρειν μήτε λυπεῖσθαι φθιτούς‟.

efficere vult, mortuos apud Aeschylum nihil sentire et eorum statum esse indifferentem, errase mihi videtur. Ex hoc fragmento, puto, potest tantum concludi, vivis cum mortuis nullam esse societatem, ut a vivis ille neque bonis neque malis affici possint.

Sed revertamur ad Herodotum et perscrutemur, quatenus ille cum Aeschylo congruat de animorum immortalitate. In qua re perquirenda haeret, non infitior, in salebris oratio, nihil enim certi, quid ipse senserit, Herodotus memoriae tradidit; alioquin commemorat, populos eosque barbaros, cultus humani expertes immortalitati fidem attribuisse, ita tamen, ut minime suam ipsius sententiam aperiat. Hoffmeisterus quidem (l. l. p. 37 sq,) negat, Herodotum credidisse, homines morte non plane interire; minime autem mihi iis, quae attulit, argumentis persuasit.

Namque ad hunc locum: (II, 123) „*πρῶτοι δὲ καὶ τόνδε τὸν λόγον Αἰγύπτιοί εἰσι οἱ εἰπόντες, ὡς ἀνθρώπου ψυχὴ ἀθάνατός ἐστι, τοῦ σώματος δὲ κατα-*

φθίνοντος ἐς ἄλλο ζῷον ἀεὶ γινόμενον ἐς δύεται, ἐπεὰν δὲ πάντα περιέλθῃ τὰ χερσαῖα καὶ τὰ θαλάσσια καὶ τὰ πετεινά, αὖτις ἐς ἀνθρώπου σῶμα γινόμενον ἐςδύνει . . . . τούτῳ τῷ λόγῳ εἰσὶ οἳ Ἑλλήνων ἐχρήσαντο, οἱ μὲν πρότερον οἱ δὲ ὕστερον, ὡς ἰδίῳ ἑωυτῶν ἐόντι· τῶν ἐγὼ εἰδὼς τὰ οὐνόματα οὐ γράφω". vir doctus ita disputat: „Herodotus, inquit, stellt den Unsterblichkeitsglauben als ein fremdes dem hellenischen Leben nicht ursprünglich angehöriges Gewächs dar." At, quaeso, estne primarium hujus loci argumentum animorum migratio, quam hoc loco potissimum respexit Herodotus? Illam μετεμψύχωσιν, quae vocatur, Graecos quosdam ab Aegyptiis mutuatam ut propriam sibi vindicasse ostendit Herodotus.[61] Quo sensu Baehrius Creuzerum secutus ita interpretatur: „Aegyptios primos dixisse, animam, quum sit immortalis, in alia deinceps corpora immigrare", etc. Ceterum ut sint recta sane, quae sibi Hoffmeisterus voluerit, quomodo Herodotus immortalitati animorum, etiamsi illa ab Aegyptiis mutuata esset, fidem tribuere non potuerit, non video, potissimum quum alias pater historiae paene nimis illis crediderit. Jam vero Hoffmeisterus ad IV, 93 et 94 eum in modum disserit: „Nicht die Art des Unsterblichkeitsglaubens der Geten wird hier erwähnt, sondern es wird auch des Berichtes für Werth gefunden und eigens hervorgehoben, dass sie an die Unsterblichkeit glauben, das dass und das wie werden neben einander als etwas Merkwürdiges berichtet. Konnte nun Herodot dieses, dass die Geten an die Unsterblichkeit glauben aus einem andern Grunde als etwas Absonderliches darstellen, ... wenn er selbst mit vollem kindlichen Glauben daran geglaubt hätte?" (l. l. p. 39)

[61] Vid. Diog. Laert. VIII, 14: „Πρῶτον τοῦτον (Πυθαγόραν) ἀποφῆναι, τὴν ψυχὴν κύκλον ἀνάγκης ἀμείβουσαν ἄλλοις ἐνδεῖσθαι ζῴοις". Vide praeterea interprett. ad. h. l.

At noster Graecis, quibus conscripsit historiam, ostendere voluit, etiam a barbaris immortalitati animorum eique a Graecis ad illos non profectae fidem tribui, quod intelligas licet ex libri IV capito 96; vide praeterea V, 4 et Baehrium ad IV, 93 et 94.

Sed ne justo diutius moremur Hoffmeisterum, qui videlicet in geographia Herodotea ne locum quidem, ubi collocaret mortuos, invenire potuit, certa quaedam argumenta afferamus, unde Herodotum mortem pro interitu non habuisse colligi potest. Etenim Herodotus, se et Aegyptiorum et Graecorum initiatum fuisse mysteriis, ipse tradidit (II, 51 et 170). Quibus de mysteriis quum summa reverentia loqui solitus sit (II, 3 et 45, 46, 65), non potest esse dubium, quin iis, quae mysteriis traderentur, fidem quantulamque tribuerit. Atqui primaria omnium omnino mysteriorum fuit doctrina, animum esse immortalem, quod illa Ceresis fabula imaginibus ritibusque illustrata et quodammodo in scena acta mortalibus ante oculos poni atque ad mentem adduci solebat[62]). Vehementer igitur mirum esset, si Herodotus, quippe qui alias pia, qua fuerit, mente credidisse videatur, heroes vim potestatemque habere (IX, 120; VII, 137.), aliter atque omnes fere aequales sensisset de animorum immortalitate. [63])

Neque unquam Herodotus in dubium revocat, num sint Tartara, illo enim loco (II, 122 et 123.) non de Tartaris sed de fabula, qua Rampsinitus vivus in Tartara descendisse indeque revertisse fertur, videtur dubitare.

Jam sequitur, ut exploremus,

---

[62]) Vid, Creuzer: Herodott. commeutt. p. 107; Preller: Gr. Mythol. I, p. 618sq. et 670. ed. alt.

[63]) Vid. Pind. Olymp. II, v. 57—80 et fragmm. No. 97, (Boeckh ed. I) 114 et 120. (ap Bgk. ed. II, 109, 102, 107.)

§ 6. Quae sit apud Aeschylum et Herodotum summi divini numinis et fati (μοίρας) notio, quae eorum vicissitudo atque ratio. [64]

Atque Aeschylei Jovis vim atque naturam jam supra (p. 26 et 29 sq.) leviter attigimus, ad quae haec quoque sunt addenda. Juppiter Aeschyleus est ut summus potentissimusque deus ita sapientissimus, qui omnia denique regit atque gubernat. Ratio consiliumque ejus, quo omnium rerum ordinem modumque tuetur atque conservat, ab hominibus, quorum sit ratio imperfecta atque caduca, neque percipi neque intelligi potest. Vide Suppl. v. 1049:

„Διὸς οὐ παρβατός ἐστιν μεγάλα φρὴν ἀπέραντος“.
ibidemque v. 86:

„Διὸς ἵμερος οὐκ εὐθήρατος ἐτύχθη“.
ibidemque v. 1058 et 1059:

„τί δὲ μέλλω. φρένα Δίαν
καθορᾶν, ὄψιν ἄβυσσον . . .

Sapientia porro Jovis maxime elucet ex Orestia, qua fabula ille causam Orestis ad eum perduxit eventum, qui et diis et hominibus maxime satisfaceret [65]); et Athena ipsa sapientiam suam Jovi acceptam refert: (Eum. v. 850.)

„φρονεῖν δὲ κἀμοὶ ἔδωκεν οὐ κακῶς“.

---

[64] In ea re perquirenda potissimum respexi Orestiam trilogiam, quod quum sit ultimum Aeschyli opus, eam perfectissimam ejus religionem exhibere, est consentaneum Neque minus perlustravi reliquas tragoedias, nulla tamen Promethei vincti ratione habita. Enimvero illud mihi sumens haud injuste fecisse mihi videor, quum sententia tot tantisque comprobata testimoniis, minime unius fabulae idea eaque dubia refelli aut redargui possit. Vide praeterea Welckerum l. l. p. 91 sq., Bluemnerum l. l. p. 123 sq. Haymium l. l. p. 53 sq., Jungium l. l. p. 21 et 25.

[65] Vid. Welckerum l. l. p. 447 sq. Muellerum p. 181 sqq. et p. 191 sqq. Bluemnerum l. l. p. 147. Cf. Schlegel: „Vorles. über dram. Kunst“. I, p. 204.

Jam vero Juppiter non nisi secum ipse comparari potest: (Agam. v. 164 sq.)

οὐκ ἔχω προσεικάσαι πάντ᾽ ἐπισταθμώμενος
πλὴν Διός, εἰ τὸ μάταν ἀπὸ φροντίδος ἄχθος
χρὴ βαλεῖν ἐτητύμως.“

Vide praeterea locos hos, quibus diserte Jovis potentia describitur: (Suppl. v. 524 sq.)

„ἄναξ ἀνάκτων, μακάρων
μακάρτατε καὶ τελέων
τελειότατον κράτος, ὄλβιε Ζεῦ,
πιθοῦ τε καὶ γενέσθω·“

ibidq. v. 27, 139, 209 et 210, 579, 624—629, 876, 646, 670, 689 et 690; Sept. v. 8, 116, 255, 485, 822; Agam. v. 362, 581, 677, 970 sq. 1016, 1485; Choeph. v. 775; Eum. v. 19, 28, 650, 919, 1046.

Apud Herodotum quidem Jovis natura ac potentia haud ita delucide apparet; exhibet autem ille, ut supra declaravimus summum numen quoddam, quo omnis omnino vis divina continetur. Quum igitur Herodotus vel maxime inclinet in monotheismum omnia singulorum deorum munera revocet ad summum numen divinum necesse est; huic igitur si cui gubernatio moderatioque mundi est attribuenda (II, 52; VIII, 13 et c. 60, § 3), huic etiam illa, quae dicitur, mundi providentia: (III, 108) „καί κως τοῦ θείου ἡ προνοίη, ὥσπερ καὶ οἰκός ἐστι ἐοῦσα σοφή,“ κ. τ. λ.

Neque dubito contendere, Aeschylum non minus in Jovem quam Herodotum in τὸ θεῖον optima et perfectissima quaeque, quae cogitatione perceperit, transferre. Huc attinet illud Aeschyleum: (Agam. v. 160 sq.)

„Ζεύς, ὅστις ποτ᾽ ἐστὶν, εἰ τόδ᾽ αὐτῷ φίλον κεκλημένῳ τοῦτό νιν προσεννέπω“, quibus verbis mihi poëta videtur dubitare, num sit suum numen divinum, quod mente et cogitatione sit complexus, nomine Jovis, dei veterum

mythorum, nuncupandum.[66]) Sed de ea re hactenus,
nunc jam fati (μοίρας) investigemus notionem.

Apud Herodotum saepe nobis occurrit vox μοίρας
significans vel terrae vel exercitus partem (I, 73, 75,
146, 157; IV, 161; V, 57; VII, 91), alias partes vel
factiones (V, 69) tum locum, quo quis habetur (II, 172).

Itemque apud Aeschylum invenimus diversas hujus
vocis significationes, ut Choeph. v. 238—241:

> „ὦ τερπνὸν ὄμμα τέσσαρας μοίρας ἔχον
> ἐμοί· προσαυδᾶν δ' ἔστ' ἀναγκαίως ἔχον
> πατέρα τε καὶ τὸ μητρὸς ἐς σέ μοι ῥέπει
> στέργηθρον·" (Patris, matris, fratris, sororis loco

tu mihi es habendus.)
et Eumend. v. 104 et 105:

> „εὔδουσα γὰρ φρὴν ὄμμασιν λαμπρύνεται,
> ἐν ἡμέρᾳ δὲ μοῖρ' ἀπρόσκοπος βροτῶν".

quem locum ita vertam; anima dormiens, claris oculis
videt, iuterdiu (vigilans) hominum natura (οὐσία), quid
sit futurum, non potest providere. Vide perro Eumenid.
v. 476: „αὖται (Eumenides) δ'ἔχουσι μοῖραν οὐκ
εὐπέμπολον, ubi aeque ac supra aut de natura moribus-
que aut de munere Eumenidum sermo est. (Cf. Sept.
v. 947; Agam. v. 1025, 1146.) Itemque verbum πε-
πρῶσθαι pro pronomine possessivo positum est in Agam.
v. 1657: „δόμους πεπρωμένους" (heriditate acceptas).

En habes viam, qua notio μοίρας a profana, ut
ita dicam, et quotidiana significatione procedit ad
sacram ac divinam; ab illa enim notione, qua haec
vox cujusque rei naturam significat, unus tantum
gradus est ad divinam illam vim atque potestatem, qua
tota rerum natura certo ordine atque modo circumscripta
est atque constituta. Propie igitur μοίρα (αἶσα) significat illam legem, quae penetrat totam rerum naturam,
qua sua cuique adeo sunt attributa ac determinata, ut
fines a natura ipsa constitutos non possit egredi. Quae

---

[66]) Vid. Welckerum l. l. p. 104sq.

lex atque vis quum temporum decursu speciem quandam
personae, ut fieri solet apud Graecos, accepisset, et agens
et cogitans putabatur: (Agam. 1535)

> „δίκην δ' ἐπ' ἄλλο πρᾶγμα θηγάνει βλάβης
> πρὸς ἄλλαις θηγάναισι Μοῖρα".

et (Choeph. v. 647.)

> „προχαλκεύει δ' Αἶσα φασγανουργός".

et (Agam. 127—130.)

> πάντα δὲ πύργων
> κτήνη πρόσθε τὰ δημιοπληθῆ,
> Μοῖρα λαπάξει πρὸς τὸ βίαιον·"

(Cf. Eum. v. 335, 911, 172.)

Alias habet vox illa vim passivam et significat, quod
cuique est attributum et constitutum, imprimis autem
mortem vel necem. (Cf. Agam. v. 1313, 1321, 1365,
1451; Choeph. v. 987 et 988 et alias, Herod. I, 121;
III, 64; IV, 164.) [67]

Jam vero quaeritur, quae sit summo numini divino
vel diis cum illa vi divina (μοίρᾳ) ratio, quae eorum
vicissitudo. Monendum est autem, naturam vel materiam de Graecorum sententia non esse a diis creatam;
imo vero dii ex materia ejusque vi atque natura originem duxerunt. Enimvero dii sunt nati, natura autem
ejusque leges, quibus omnia continentur atque coercen-
tur, ante deos fuere. Dii igitur, quum sint quodammodo naturae ipsius opera eaque perfectissima, naturam
ejusque leges atque constituta egredi non possunt. Quo
spectat illud Herodoteum: (I, 91) „τὴν πεπρωμένην
μοῖραν ἀδύνατά ἐστι ἀποφυγεῖν καὶ θεῷ." [68]

---

[67] Apud Herodotum saepe aliis verbis exprimitur sors constituta, verbi causa: χρῆν γάρ (I, 120; II, 55.), χρεών ἐστι (V, 89;
II, 139), ὡς δέοι, ἐπεὶ δέ οἱ ἔδει (II, 161; V, 33; VII, 6, 17; VIII,
141; IX, 42.), τὸ μέλλον (III, 65, 43; I, 210.).

[68] Neque enim assentior Welckero, qui („Gr. Myth." II,
p. 188.) „καὶ θεῷ" non proprio sensu sed ὑπερβολικῶς accipiendum
esse arbitratur. Est illud re vera, puto, ex Herodoti vel aequa-

Verumenimvero *Moῖρα* est illa vis, quae emanavit ex veterum opinione, naturam quandam vel materiam esse omnium rerum causam principalem, ex qua dii aeque atque homines orti sint atque profecti, dii igitur aeque atque homines illi divinae naturae obsequantur atque obediant necesse est, neque possunt illam vim effugere. An putas, quemquam, qui a natura omnia sua acceperit, extra naturam posse egredi?

Vide Herod. III, 65: „ἐν τῇ γὰρ ἀνθρωπηίῃ φύσι οὐκ ἐνῆν ἄρα τὸ μέλλον γενέσθαι ἀποτράπειν·" (Cf. III, 43 et I, 210.)

Quum autem deorum natura et imprimis summi numinis divini notio in castiorem purioremque formam redacta esset, quum Juppiter ut deus potentissimus ita sapientissimus haberetur, qui omnibus rebus perspectis ac cognitis omnia adduceret ad eventum optimum et convenientissimum, profecto fieri non potuit, quin Juppiter, summum numen divinum, cum fato (*μοίρᾳ*), quod omnium rerum constituat eventum eumque naturae cujusque rei ac condicioni aptissimum et necessarium, utique congruat atque consentiat. Verumenimvero Juppiter, quippe cujus natura vel maxime constet in ratione, si negligeret leges, quibus tota rerum natura circumscripta est atque ordinata summa cum ratione, prorsus nullus esset. Quare apud Aeschylum nulla invenitur inter Jovem et *Moῖραν* contentio, nulla dissensio, sed summa profecto conciliatione atque societate esse conjuncti videntur.[69] Imovero Juppiter tuetur atque observat leges sortesque a fato constitutas, vigilat, ne quis suum modum, suos terminos

---

lium animis, ut, si deus quisquam naturae leges egredi vellet, jamjam nullus esset.

[69] Vid. Eum v. 1045—1047:

> . . . . . *Ζεὺς ὁ πανόπτας*
> *οὕτω Μοῖρά τε συγκατέβα*".

quae sentantia, ut Aeschyli est ultima, ita perfectissima de Jovis cum *Moίρᾳ* ratione mihi videtur esse.

egrediatur, rata denique sua potestate facit, quae fata praecepere, ut ómnium rerum gubernator atque moderator evadat atque exsistat. Nihil igitur accidit, nisi quod Juppiter perficit: (Agammemn. v. 1485—1488)

> „ἰὴ ἰὴ διαὶ Διὸς παναιτίου πανεργέτα.
> τί γὰρ βροτοῖς ἄνευ Διὸς τελεῖται;
> τί τῶνδ' οὐ θεόκραντόν ἐστιν";

et (Suppl. v. 823 et 824.)

> „ . . . τί δ' ἄνευ σέθεν
> θνατοῖσι τέλειόν ἐστιν"; (cf. Suppl. v. 624.)

Jovis porro auctoritate atque potestate sors quasi in unaquaque re dormiens exsitatur et perficitur: (Choeph. v. 306 sq.)

> ἀλλ' ὦ μεγάλαι Μοῖραι, Διόθεν
> τῇδε τελευτᾶν,
> ᾗ τὸ δίκαιον μεταβαίνει".

et Pers. v. 101:

> „θεόθεν γὰρ κατὰ Μοῖρ' ἐκράτησεν τὸ παλαιὸν,"

(cf. Pers. v. 740.)

Quare una eademque res modo Jovi modo Μοίρᾳ adscribitur. Vide Agam. v. 60—63:

> „οὕτω δ' Ἀτρέως παῖδας ὁ κρείσσων
> ἐπ' Ἀλεξάνδρῳ πέμπει ξένιος
> Ζεὺς πολυάνορος ἀμφὶ γυναικὸς" κ. τ. λ.

et v. 126—130, quos jam supra (p. 43.) laudavimus. (Cf. Agam. v. 361—369 et Eum v. 334 et 335 et v. 391—393.)

Jam vero Juppiter ceterique dii ita invocantur, ut ex eorum voluntate omnis rerum eventus esse videatur suspensus: (Choeph. v. 642)

> „ἰὼ θεοὶ κραίνετ' ἐνδίκως"

et (Agam. v. 1289)

> „οὕτως ἀπαλλάσσουσιν ἐν θεῶν κρίσει",

(Cf. Agam. v. 1424. et Choeph. v. 212 et 213 ibidq. v. 785 sq.)

Neque minus dii omnia attribuunt hominibus.
(Cf. Agam. v. 1335, 60—70; Choeph. v. 780; Pers.
v. 348, 532; Sept. v. 625, 1016, 1074 et alias.)

Enimvero jam adeo septentia, deos omnia perficere
et fati constituta rata facere, apud Aeschylum constat,
ut sors ipsa a diis proficisci videatur. Vide Agam. v. 912:

$$\tau\grave{\alpha}\ \delta^{\prime}\ \mathring{\alpha}\lambda\lambda\alpha\cdot\varphi\varrho o\nu\tau\grave{\iota}\varsigma\ o\mathring{\upsilon}\chi\ \mathring{\upsilon}\pi\nu\varphi\ \nu\iota\varkappa\omega\mu\acute{\epsilon}\nu\eta$$
$$\vartheta\acute{\eta}\sigma\epsilon\iota\ \delta\iota\varkappa\alpha\acute{\iota}\omega\varsigma\ \sigma\mathring{\upsilon}\nu\ \vartheta\epsilon o\tilde{\iota}\varsigma\ \epsilon\acute{\iota}\mu\alpha\varrho\mu\acute{\epsilon}\nu\alpha".$$

ibidemque v. 1025—1028:

$$\text{,,}\epsilon\grave{\iota}\ \delta\grave{\epsilon}\ \mu\grave{\eta}\ \tau\epsilon\tau\alpha\gamma\mu\acute{\epsilon}\nu\alpha$$
$$\mu o\tilde{\iota}\varrho\alpha\ \mu o\tilde{\iota}\varrho\alpha\nu\ \mathring{\epsilon}\varkappa\ \vartheta\epsilon\tilde{\omega}\nu$$
$$\epsilon\tilde{\iota}\varrho\gamma\epsilon\ \mu\grave{\eta}\ \pi\lambda\acute{\epsilon}o\nu\ \varphi\acute{\epsilon}\varrho\epsilon\iota\nu",$$

(Cf. Eumenid. v. 391 sq. Pers. v. 373.)

Veram autem inter *Moῖραν* et Jovem condicionem
indicant hi Supplicum versus: (671—674.)

$$Z\tilde{\eta}\nu\alpha\ \mu\acute{\epsilon}\gamma\alpha\nu\ \sigma\epsilon\beta\acute{o}\nu\tau\omega\nu$$
$$\tau\grave{o}\nu\ \xi\acute{\epsilon}\nu\iota o\nu\ \delta^{\prime}\ \mathring{\upsilon}\pi\epsilon\varrho\tau\acute{\alpha}\tau\omega\varsigma$$
$$\mathring{o}\varsigma\ \pi o\lambda\iota\tilde{\varphi}\ \nu\acute{o}\mu\varphi\ \alpha\tilde{\iota}\sigma\alpha\nu\ \mathring{o}\varrho\vartheta o\tilde{\iota}".$$

ad quae addidit scholiasta: „$\mathring{o}$ *Zεὺς* $\tau\tilde{\varphi}$ $\mathring{\alpha}\varrho\chi\alpha\acute{\iota}\varphi$ $\nu\acute{o}\mu\varphi$
$\tau\grave{o}$ $\mathring{\iota}\sigma o\nu$ $\tau\eta\varrho\epsilon\tilde{\iota}$"; namque quod *Moῖρα* constituit, est
aequum ac justum.

Itemque apud Herodotum, ubi respexit summum
numen divinum, nulla inter fatum et deum apparet dissensio, nulla contentio. Deorum cura atque voluntate
fata rata fiunt. Vide I, 45: „$\epsilon\tilde{\iota}\varsigma$ $\delta\grave{\epsilon}$ $o\mathring{\upsilon}$ $\sigma\acute{\upsilon}$ $\mu o\iota$ $\tau o\tilde{\upsilon}\delta\epsilon$
$\tau o\tilde{\upsilon}$ $\varkappa\alpha\varkappa o\tilde{\upsilon}$ $\alpha\mathring{\iota}\tau\iota o\varsigma$, $\epsilon\grave{\iota}$ $\mu\grave{\eta}$ $\mathring{o}\sigma o\nu$ $\mathring{\alpha}\acute{\epsilon}\varkappa\omega\nu$ $\mathring{\epsilon}\xi\epsilon\varrho\gamma\acute{\alpha}\sigma\alpha o$, $\mathring{\alpha}\lambda\lambda\grave{\alpha}$
$\vartheta\epsilon\tilde{\omega}\nu$ $\varkappa o\acute{\upsilon}$ $\tau\iota\varsigma$, $\mathring{o}\varsigma$ $\mu o\iota$ $\varkappa\alpha\grave{\iota}$ $\pi\acute{\alpha}\lambda\alpha\iota$ $\pi\varrho o\epsilon\sigma\acute{\eta}\mu\alpha\iota\nu\epsilon$ $\tau\grave{\alpha}$ $\mu\acute{\epsilon}\lambda$-
$\lambda o\nu\tau\alpha$ $\mathring{\epsilon}\sigma\epsilon\sigma\vartheta\alpha\iota$". et VIII, 65: „$\pi\epsilon\varrho\grave{\iota}$ $\delta\grave{\epsilon}$ $\sigma\tau\varrho\alpha\tau\iota\tilde{\eta}\varsigma$ $\tau\tilde{\eta}\sigma\delta\epsilon$
$\vartheta\epsilon o\tilde{\iota}\sigma\iota$ $\mu\epsilon\lambda\acute{\eta}\sigma\epsilon\iota$". (Cf. VIII, 13, 109, 143; IX, 78; IV,
119; V, 85.)

Quam ob rem ad deos aeque atque ad *μoῖραν*
unum idemque factum revocatur: (I, 124) „$\tau\grave{o}$ $\delta\grave{\epsilon}$ $\varkappa\alpha\tau\grave{\alpha}$
$\vartheta\epsilon o\acute{\upsilon}\varsigma$ $\tau\epsilon$ $\varkappa\alpha\grave{\iota}$ $\mathring{\epsilon}\mu\grave{\epsilon}$ $\pi\epsilon\varrho\acute{\iota}\epsilon\iota\varsigma$". et (I, 121.) $\tau\tilde{\eta}$ $\sigma\epsilon\omega\upsilon\tau o\tilde{\upsilon}$ $\delta\grave{\epsilon}$
$\mu o\iota\varrho\eta$ $\pi\epsilon\varrho\acute{\iota}\epsilon\iota\varsigma\cdot$" (Cyrus).

Jam vero nonnullis locis sors vel fatum a diis
ipsis proficisci videtur. Vide IX, 16: „$\Xi\epsilon\tilde{\iota}\nu\epsilon$, $\mathring{o}$ $\tau\iota$ $\delta\epsilon\tilde{\iota}$

γενέσθαι ἐκ τοῦ θεοῦ, ἀμήχανον ἀποτρέψαι ἀνθρώπῳ". et I, 87: „ἀλλὰ ταῦτα δαίμοσίκου φίλον ἦν γενέσθαι". (Cf. VII, 8, § 1, IX, 78; III, 119; VII, 18.)

Quae quum ita sint, Herodotum haud aliter atque Aeschylum sensisse de μοίρας et divinitatis notione eorumque vicissitudine, mihi videor comprobasse. Enimvero apud scriptores nostros tam arte numen divinum cum *Μοίρᾳ* est conjunctum, ut quodammodo in unum idemque coalescere atque convenire videantur. Quum summum numen divinum utique cum *Μοίρᾳ* consentiat, haud ita multum munera eorum dijudicantur atque discernuntur; neque tamen apud veteres omnino coeunt dii cum *Μοίρας* vi atque potestate; dii enim Graecorum sunt a principio personae ac libero arbitrio, libera voluntate, libera potestate utuntur; *Μοίρα* autem est substitutum quoddam personale legum naturalium. Restat semper apud veteres ille dualismus inter divinitatem et naturam, quem etiam philosophi, Platonem atque Aristotelem dico, quamvis mentem divinam perfectissimam paeneque absolutam exhibeant, transgredi non potuerunt (Cf. Brandis l. l. III, 1 p. 113 sq.).

Neque ommittendum est, apud scriptores nostros locos quoque inveniri, quibus deus, Apollinem dico, contra *Μοίρας* vim reluctans exhibetur, quod facile fieri potuit, postquam *Μοίρας* vis atque potestas in complures deas est dirempta atque divisa. Vide I, 91: „προθυμεομένου δὲ Λοξίεω ὅκως ἂν κατὰ τοὺς παῖδας τοὺς Κροίσου γένοιτο τὸ Σαρδίων πάθος καὶ μὴ κατ᾽ αὐτὸν Κροῖσον, οὐκ οἷόν τε ἐγένετο παραγαγεῖν μοίρας. ὅσον δὲ ἐνέδωκαν αὗται, ἤνυσέ τε καὶ ἐχαρίσατό οἱ· τρία γὰρ ἔτεα ἐπανεβάλετο τὴν Σαρδίων ἄλωσιν, καὶ τοῦτο ἐπιστάσθω Κροῖσος ὡς ὕστερον τοῖσι ἔτεσι τούτοισι ἁλοὺς τῆς πεπρωμένης."

et Eum. v. 723 et 724, et 727 et 728:

„τοιαῦτ᾽ ἔδρασας καὶ Φέρητος ἐν δόμοις·
Μοίρας ἔπεισας ἀφθίτους θεῖναι βροτούς".

„σύ τοι παλαιὰν διανομὴν καταφϑίσας
οἴνῳ παρηπάτησας ἀρχαίας ϑεάς“.

Quatenus Aeschylus his aliisque locis fabulas ejusmodi castigare voluerit, neque huc attinet et jam supra (p. 27) declaravimus. Herodotus autem ita rem exposuit, ut dubitare non videatur. Mea quidem sententia Herodotus totam illam narratiunculam ita protulit, ut eam ab aequalibus audierat, neque fieri potest, quin apud Herodotum, quippe qui res divinas non speculetur, imperfectioris religionis inveniantur vestigia.

Praeterea est monendum, hac fabula deum miseriecordem opponi severis *Moίρας* constitutis, neque deus contendit, ut plane fati coustituta faciat irrita, sed ut ea mitiget. Huc quoque spectat illud Aeschyli fragmentum: (ap. Diud. N. 196.)

. . . πέπρωται γάρ σε καὶ βέλη λιπεῖν
ἐν ταῦϑ᾽· ἑλέσϑαι δ᾽ οὔτιν᾽ ἐκ γαίας λίϑον
ἕξεις, ἐπεὶ πᾶς χῶρός ἐστι μαλϑακός.
ἰδὼν δ᾽ ἀμηχανοῦντά σ᾽ ὁ Ζεὺς οἰκτερεῖ,
νεφέλην δ᾽ ὑποσχὼν νιφάδι γογγύλων πέτρων
ὑπόσκιον ϑήσει χϑόν᾽“, κ. τ. λ.

Restat denique, ut

§ 7. De justitia ira de invidia deorum apud scriptores nostros de hominum libero arbitrio postremum agamus.

Atque Aeschylus quidem non nisi justos exhibet deos, [70]) quippe qui justum modum ordinemque rerum tueantur atque conservent. Jam *Moῖρα* constituit homi-

---

[70]) Ita consulto scripsi, nam Eumenides et Apollo, etiamsi suum proprium jus nimis urgentes inter se injuste facta objiciunt, injusti tamen appellari non possunt. Neque dubito contendere, si attinet, meam quoque sententiam proferre, Jovem Promethei vincti justitiae partes agere. Namque Prometheus, quum Jovis decretum neglexisset, pertinax Jovis voluntati resistens poenas non dare non potuit, et majestas Jovis, si cessisset Prometheo, paene nulla fuisest. (Vid. N. 64 et Naegelsb. l. l. p 40.)

num sortem secundum sempiternas justitiae leges. Vide
Agam. v. 1535 et 1536; Choeph. v. 306—308, quos
versus jam supra (p. 42 et 44) laudavimus, et Choeph.
v. 646 et 647:

„Δίκας δ' ἐρείδεται πυθμήν.

προχαλκεύει δ' Ἆἶσα φασγανουργός·“ (Cf. Eum. v. 961 sq.)

Quare Clytaemnestrae, quum illa se apud filium de
patris nece excusatam velit, quod ex fati decreto Aga-
memnonem interficerit, Orestes respondet, eam suam
quoque caedem fato debere; nec mirum, quod fatum
justas criminum poenas cxigat necesse est: (Choeph. v.
910 et 911)

K. „ἡ Μοῖρα τούτων, ὦ τέκνον, παραιτία.

O. καὶ τόνδε τοίνυν Μοῖρ' ἐπόρσυνεν μόρον“.

Enimvero jam in Homeri carminibus poena a scelestis hominibus exacta deos esse est testimonio (Od. Ω,
v. 251 sq.), quam eandem sententiam invenimus apud
Aeschylum. Vide Agam. v. 1547—82:

„ὦ φέγγος εὖφρον ἡμέρας δικηφόρου.
φαίην ἂν ἤδη νῦν βροτῶν τιμαόρους
θεοὺς ἄνωθεν γῆς ἐποπτεύειν ἄχη,
ἰδὼν ὑφαντοῖς ἐν πέπλοις Ἐρινύων
τὸν ἄνδρα τόνδε κείμενον φίλως ἐμοί,
χερὸς πατρῴας ἐκτίνοντα μηχανάς.“
(Cf. Pers. 495—499.)

Justitiae igitur munus deorum proprium esse, veteres credidere. Quo sensu Justitia, utpote quae ex ejus
numine emanet atque per totam vitam humanam disse-
minata ejus auctoritate rata fiat, ab Aeschylo vocatur
Jovis filia: Poeph. v. 948—950.)

„ἔθιγε δ' ἐν μάχα χερὸς ἐτηνύμως
Διὸς κόρα· — Δίκαν δέ νιν
προσαγορεύομεν βροτοὶ τυχόντες καλῶς“. —
(Cf. Sept. v. 662; Choeph. v. 244.)

Jam dii ita invocantur, quasi non fas sit, eos re-

jicere preces justas, injustas aocipere. Vide Choeph.
v. 461 et 462:

> „"Αρης "Αρει ξυμβαλεῖ, Δίκᾳ Δίκα.
> ἰὼ θεοί, κραίνετ᾽ ἐνδίκως".

ibidemque v. 398:

> „δίκαν δ᾽·ἐξ ἀδίκων ἀπαιτῶ.
> κλῦτε δὲ Γᾶ χθονίων τε τιμαί".

ibidemque v. 786 et 787:

> „διὰ δίκας πᾶν ἔπος
> ἔλακον, ὦ Ζεῦ, σὺ νιν φυλάσσοις".

et Agam. v. 396—398:

> „λιτᾶν δ᾽ ἀκούει μὲν οὔτις θεῶν·
> τὸν δ᾽ ἐπίστροφον τῶνδε
> φῶτ᾽ ἄδικον καθαιρεῖ".

(Cf. Choeph. v. 800—805 ibidq. v. 148; Suppl. v. 77;
Sept. v. 493—485.)

Qui porro injuste degit, impius in deos nefariusque
homo dicitur, verbi causa Clytaemnestra δύσθεος appellatur (Choeph. v. 525). Itemque Jovem despicere
juraque negligere unum idemque est: (Choeph. v. 641—645.)

> . . . . . „τὸ μὴ θέμις γὰρ οὐ
> λὰξ πέδον πατούμενον,
> τὸ πᾶν Διὸς σέβας παρεκβάντες οὐ θεμιστῶς".

(Cf. Eum. v. 151 et v. 538 sq.

Neque secius vir justus opponitur deorum immemori: (Sept. v. 605 et 606.)

> „ἢ ξὺν πολίταις ἀνδράσιν δίκαιος ὢν
> ἐχθροξένοις τε καὶ θεῶν ἀμνήμοσι";

qui justus est, idem est probus et in deos pius: (Sept.
v. 610.)

> „σώφρων δίκαιος ἀγαθὸς εὐσεβὴς ἀνήρ".

Itaque justitia ad deos tanquam ad fontem ac radicem revocatur, qui utique scelerum patratorum poenas
exsequentes apparent esse vindices justitiae; Vide Suppl.
v. 402—404:

> „ἀμφοτέροις ὁμαίμων τά δ᾽ ἐπισκοπεῖ

Ζεὺς ἑτερορρεπής, νέμων εἰκότως
ἄδικα μὲν κακοῖς, ὅσια δ᾽ ἐννόμοις".

(Cf. Agam. v. 60 sq. et v. 399; Pers. v. 827—29; fragm.
No. 282, 283, 284 ap. Dind.)

Jam vero scelestum hominem etsi seras certas tamen consequi poenas, elucet ex his locis: (Agam. v. 1563
et 1567)

„μίμνει δὲ μίμνοντος ἐν θρόνῳ Διὸς
παθεῖν τὸν ἔρξαντα. θέσμιον γάρ"·

et (Suppl. v. 732 et 733.)

. . . „χρόνῳ τοι κυρίῳ τ᾽ ἐν ἡμέρᾳ
θεοὺς ἀτίζων τις βροτῶν δώσει δίκην".

(Cf. Agam. v. 461 sq.)

Neque enim poenae precibus sacrificiisque averti
possunt, neque ullum est vindictae remedium. Vide
Agam. v. 69—71:

„οὔθ᾽ ὑποκάων οὔθ᾽ ὑπολείβων
ἀπύρων ἱερῶν
ὀργὰς ἀτενεῖς παραθέλξει".

et Choeph. v. 71—74:

„θιγόντι δ᾽ οὔτι νυμφικῶν ἑδωλίων
ἄκος, πόροι τε πάντες ἐκ μιᾶς ὁδοῦ
βαίνοντες τὸν χερομυσῆ
φόνον καθαίροντες ἰοῦσαν ἄταν".

(Cf. Agam. v. 381 sq., Choeph. v. 520 sq. ibidq.
v. 650 sq.)

Mortuos quoque poenas scelerum luere, jam supra
monuimus (p. 36).

Enimvero tam acerbas tamque certas dii a nefariis
sumunt poenas, ut eos reducant ad modestiam ac moderationem et ceteros criminibus sceleribusque absterreant;
est igitur poena non mera solum vindicta, sed spectat
etiam ad vitae morumque emendationem. Vide Agam.
v. 250:

„Δίκα δὲ τοῖσι μὲν παθοῦσιν μαθεῖν ἐπιρρέπει τὸ
μέλλον".

et Eum. v. 269—275, quem locum jam supra (p. 36) laudavimus.

(Cf. Agam v. 176 sq., 1424 sq., Pers. v. 818—820, 823—826.)

At, dicas, quomodo convenit deorum justitiae ea mentis obcaetatio (ἄτη), qua homines impellunt ad scelera committenda? Sed videsne, eam mentis obcaecationem a diis mitti ut vel ejus ipsius vel parentum scelerum poenam? Chorus quidem Persarum ad eam sententiam abiit, neminem dolum calidum, quo dii homines calaminitatibus afficere velint, posse effugere: (Pers. v. 93—100.)

„δολόμητιν δ' ἀπάταν θεοῦ τίς ἀνὴρ θνατὸς ἀλύξει;
τίς ὁ κραιπνῷ ποδὶ πηδήματος εὐπετοῦς ἀνάσσων;
φιλόφρων γὰρ παρασαίνει βροτὸν εἰς ἄρκυας Ἄτα,
τόθεν οὐκ ἔστιν ὑπὲκ θνατὸν ἀλύξαντα φυγεῖν“.

Itemque acerbissimam illam classis vexationem nuntius attribuit deorum invidiae (Pers. 362), de qua infra disseremus, neque minus Atossa putat, numen quoddam divinum Persarum animos obcaecasse et esse in culpa cladis (v. 724); et Darius ipse concedit numen divinum animum Xerxes excitasse, „ὥστε μὴ φρονεῖν καλῶς“ (v. 725). Sed paulo postea Darius hujus obcaecationis et calamitatum veram causam ostendens, propter Xerxis nefariam audaciam superbiamque atque in deos impietatem, ait, Persas incidisse in tot tantasque miserias. Vide Pers. v. 743—751:

„νῦν κακῶν ἔοικε πηγὴ πᾶσιν ηὑρῆσθαι φίλοις.
παῖς δ' ἐμὸς τάδ' οὐ κατειδὼς ἤνυσεν νέῳ θράσει·
ὅστις Ἑλλήσποντον ἱρὸν δοῦλον ὣς δεσμώμασιν
ἤλπισε σχήσειν ῥέοντα, Βόσπορον ῥόον θεοῦ·
καὶ πόρον μετερρύθμιζε, καὶ πέδαις σφυρηλάτοις
περιβαλὼν πολλὴν κέλευθον ἤνυσεν πολλῷ στρατῷ,
θνητὸς ὢν θεῶν δὲ πάντων ᾤετ', οὐκ εὐβουλίᾳ,
καὶ Ποσειδῶνος κρατήσειν. πῶς τάδ' οὐ νόσος φρενῶν
εἶχε παῖδ' ἐμόν“.

et v. 808—815:

„ὕβρεως ἄποινα κἀθέων φρονημάτων·
οἳ γῆν μολόντες Ἑλλάδ' οὐ θεῶν βρέτη
ᾐδοῦντο συλᾶν οὐδὲ πιμπράναι νεώς·
βωμοὶ δ' ἄϊστοι, δαιμόνων θ' ἱδρύματα
πρόῤῥιζα φύρδην ἐξανέστραπται βάθρων.
τοιγὰρ κακῶς δράσαντες οὐκ ἐλάσσονα
πάσχουσι, τὰ δὲ μέλλουσι, κοὐδέπω κακῶν
κρηπὶς ὕπεστιν, ἀλλ' ἔτ' ἐκπιδύεται".·

Veram Aeschyli, arbitror, de dolo divino sententiam
exhibet hic versus: (Pers. v. 742.)

„ἀλλ' ὅταν σπεύδῃ τις αὐτός, χὠ θεὸς συνάπτεται".

et hoc fragmentum (ap. Diud. No. 287.)

„ἀπάτης δικαίας οὐκ ἀποστατεῖ θεός".

Idem fere de invidia deorum est dicendum. Artemis invidiosa exhibetur: (Agam. 135.)

. . . „οἴκῳ γὰρ ἐπίφθονος Ἀρτεμις ἁγνὰ" κ. τ. λ.

neque tamen in illo mytho sine ulla causa 'generi Atri-
darum fingitur Artemis esse irata, sed commiserat Agamemnon scelus, quod Artemidis iram excitavit; neque
opus fuit, Aeschylum fabulam illam vulgatam in trilogia
componenda secutum illud scelus commemorare. Artemis igitur justa ira incensa hic est cogitanda. Neque
magis invidia ut vitium deorum accipienda est hoc loco:
(Agam. v. 946 et 947)

„καὶ τοῖσδέ μ' ἐμβαίνονθ' ἁλουργέσιν θεῶν·
μή τις πρόσωθεν ὄμματος βάλοι φθόνος".

Enimvero Agamemnon veretur, ne deorum odium
sibi consciscat, quum super humanum modum honoretur,
quum fruatur ea dignitate atque honore, quo deos solos
coli deceat (Agam. v. 922.).

Namque is, qui sibi divinum honorem arroget, diis
non perodiosus esse non potest, quod est „τὸ μὴ κακῶς
φρονεῖν θεοῦ μέγιστον δῶρον" (Agam. 927 sq.)

Neque aliter clades Persarum adscribitur deorum
invidiae, quae eodem sensu est accipienda, quo jam supra

ἀπάτην θεῶν interpretati sumus; est odium ex Persarum superbia et impietate conceptum.

Enimvero dii probis bona, mala nefariis impertiunt neque illi, qui juste modesteque vivit, etiamsi est felix, invident: (Pers. v. 772)

„θεὸς γὰρ οὐκ ἤχθηρεν, ὡς εὔφρων ἔφυ“ (Κῦρος).

Restat denique, ut de libero hominum arbitrio apud Aeschylum agamus. Etiamsi jam ex severa poena vindictaque, quae a scelestis hominibus exigitur, elucet, peccatum e nefaria voluntatis pravitate proficisci, neque tamen est supervacaneum, eos, quibus diserte Aeschylus de libero agat arbitrio, affere locos: Vide Eum. v. 550 – 553:

„ἑκὼν δ᾽ ἀνάγκας ἄτερ δίκαιος ὢν οὐκ ἄνολβος ἔσται, πανώλεθρος δ᾽ οὔποτ᾽ ἂν γένοιτο“.

Inest igitur in homine facultas, ut juste vivat; imo vero aversatur poëta opinionem, ex divitiis ipsis gigni perniciem, quae est apud eum poena flagitiorum, sed peccatum, ait, procreare peccata, quorum afferat Justitia vindictam: (Agam. 750—760)

„παλαίφατος δ᾽ ἐν βροτοῖς γέρων λόγος
τέτυκται, μέγαν τελεσθέντα φωτὸς ὄλβον
τεκνοῦσθαι μηδ᾽ ἄπαιδα θνῄσκειν,
ἐκ δ᾽ ἀγαθᾶς τύχας γένει
βλαστάνειν ἀκόρεστον οἰζύν.
δίχα δ᾽ ἄλλων μονόφρων εἰμί. τὸ δυσσεβὲς γὰρ ἔργον
μετὰ μὲν πλείονα τίκτει, σφετέρᾳ δ᾽ εἰκότα γέννᾳ“.

Superbia vero, fons peccatorum, vocatur in deos impietatis filia: (Eum. 552.)

„δυσσεβίας μὲν ὕβρις τέκος ὡς ἐτύμως“

quo sensu etiam moderatio, qua sua quisque sorte ac condicione contentus certos et a natura constitutos terminos non egrediatur, donum nominatur deorum, quippe quae ex pia emanet mente (Agam, v. 927 vid. p. 52).

Superbia vero gignit superbiam, id est superbe fac-

cum, quo quis jus fasque egrediatur, excipit peccata:
(Agam. 762—765)

> „φιλεῖ δὲ τίκτειν ὕβρις μὲν παλαιὰ νεά-
> ζουσαν ἐν κακοῖς βροτῶν. ὕβριν“ κ. τ. λ.

quae superbia non sejuncta est a stultitia, qua homines
vanam speciem verae felicitati justitiaeque anteponant.
Vide Agam. v. 789 et 790:

> „πολλοὶ δὲ βροτῶν τὸ δοκεῖν εἶναι
> προτίουσι δίκην παραβάντες“.

ibidemque v. 383—395:

> . . . . „ἐπεὶ (ἄδικος)
> διώκει παῖς ποτανὸν ὄρνιν
> πόλει πρόστριμμ᾽ ἄφερτον ἐνθείς“.

(Cf. Eum. v. 336 et 337 et Suppl. v. 228 et 229.) [71]).

Neque unquam Aeschylus personas in scenam deduxit suae mentis impotes. Clytaemnestra quidem ma-
leficium suum transferre studet in malum generis genium
(ἀλάστορα), neque tamen chorus, etiamsi quid culpae
illi genio attribuit, illam criminis liberat: (Agam. v. 1505
et 1506.)

> „ὡς μὲν ἀναίτιος εἶ
> τοῦδε φόνου τίς ὁ μαρτυρήσων“;

Namque diu jam illa et gravi in maritum ödio
(Ag. v. 1415—1416) [72]) et scelesta amoris cupiditate
commota (Ag. v 1654) [73]) secum facinus volvebat, quare

---

[71]) Cf. Naegelsb. l. l. p. 318 sq. R. Kraft: „De hominum peccatis quid Aesch. nos doceat“. Halis 1865. p. 8 sqq.

[72]) „ὅς οὐ προτιμῶν, ὡσπερεὶ βοτοῦ μόρον,
μήλων φλεόντων εὐπόκοις νομεύμασιν,
ἔθυσεν αὑτοῦ παῖδα, φιλτάτην ἐμοὶ
ὠδῖν᾽, ἐπῳδὸν Θρῃκίων ἀημάτων“.

[73]) „μηδαμῶς, ὦ φίλτατ᾽ ἀνδρῶν, ἄλλα δράσωμεν κακά“.
Cf. Ag. v. 1434—1436:
„οὔ μοι φόβου μέλαθρον ἐλπὶς ἐμπατεῖ,
ἕως ἂν αἴθῃ πῦρ ἐφ᾽ ἑστίας ἐμῆς
Αἴγισθος, ὡς τὸ πρόσθεν εὖ φρονῶν ἐμοί“.

Orestes excusationem matris ut vanam refutat (Choeph.
v. 910—930). Itemque Orestes non caeco animo sed
secum reputans et libero arbitrio jussa Apollinis obser-
vans matrem occidit. Vide Chooph. v. 866—902 et potissimum versum 903:

„κρίνω σὲ νικᾶν καὶ παραινεῖς μοι καλῶς“ [74].

Jam vero Eteocles non exsecrationi solum patris et
totius generis Labdacidarum fato obnoxius sed regnandi
gloriaeque cupiditate etiam commotus ruit in perniciem·
Exsecrationem, dummodo sit justa, apud Aeschylum
vim habere non denego, neque minus valet malus generis genius, quo magis liberi scelestorum parentum quam
alii inclinent ad facinora faciliusque incidant in calamitates. Etenim viget adhuc apud Aeschylum arta fami-
liae conglutinatio, qua liberi ut parentum bona ita mala
hereditate accipiant eorumque facinorum poenas. At
jam severa illa antiquitatis opinio, liberos criminum poenas luere parentum, apud Aeschylum eum in modum
mitigata est, ut etiam liberorum facinore opus sit, quod
eos detrudat in perniciem. Eteocles quidem quodammodo
furens cum fratre manus conserturus, patris exsecrationem
accusat (Sept. v. 653—655) itemque deum, qui totum
Laji genus plane sit perditurus (v. 689—691), in causa
habet, chorus tamen virginum diserte nimiam ejus audaciam nimiamque gloriae capuditatem ostendens dehor-
tatur eum a nefario conatu: (Sept. 698—702)

„ἀλλὰ σὺ μὴ ’ποτρύνου· κακὸς οὐ κεκλή-
σει βίον εὖ κυρήσας· μελάναιγις οὐκ

Cf. Choeph. v. 904—907:
„ἕπου, πρὸς αὐτὸν τόνδε σε σφάξαι θέλω.
καὶ ζῶντα γάρ νιν κρείσσον’ ἡγήσω πατρός·
τούτῳ θανοῦσα συγκάθευδ’, ἐπεὶ φιλεῖς
τὸν ἄνδρα τοῦτον, ὃν δ’ ἐχρῆν φιλεῖν στυγεῖς“.
(Cf. Choeph. v 595—601 et Agam. v. 1604.)
[74]) Vid. Welcker, l. l. p. 448.

εἶσι δόμους ᾿Ερινὺς, ὅταν ἐκ χερῶν
θεοὶ θυσίαν δέχωνται“.

(Cf. Sept. v. 677—682 et 686—688, 693—695,
705—708.)

Quas adhortationes Eteocles negligens, sua ipsius
pravitate, militis vertute amori fratris anteposita,[75]
festinat in pugnam, ruit in perniciem. Neque quisquam
putabit, Aeschylum dialogum inter chorum et Eteoclem
eo composuisse consilio, ut ostenderet, Eteoclem fati ne-
cessitate vique exsecrationis coactum ita egisse. Sed
Aeschylus, credo, hoc dialogo nobis ante oculos posuit,
quomodo quibus animi affectibus iisque ex sua ipsius
immoderatione exortis commotus Eteocles pugnandi consilium caperet; chorus enim negat, daemonem Eteoclem
ad facinus detrudere et ipsius eum, ait, immoderatam
bellandi cupiditatem, odiumque fratris ad facinus inci-
tare: (Sept. v. 689—694)

ET. „ἐπεὶ τὸ πρᾶγμ κάρτ᾽ ἐπισπέρχει θεὸς,
ἴτω κατ᾽ οὖρον κῦμα Κωκυτοῦ λαχὸν
Φοίβῳ στυγηθὲν πᾶν τὸ Λαΐου γένος.
ΧΟ. ὠμοδακής σ᾽ ἄγαν ἵμερος ἐξοτρύ-
νει πικρόκαρπον ἀνδροκτασίαν τελεῖν
αἵματος οὐ θεμιστοῦ“.

Imo decet, Aeschylum, virum καλὸν κἀγαθόν, qui
omnis gloriae particeps[76] usque ad extremam senectu-
tem animi vigore atque alacritate floreret, putasse, hominem esse compotem ad juste beneque vinendum, unde
illa ejus severa justitiae sententia: (Choeph. v. 61—65)

---

[75]) Vid. Sept. v. 716 et 717:

    ΧΟ. „νίκην γε μέντοι καὶ κακὴν τιμᾷ θεός,
    ET. οὐκ ἄνδρ᾽ ὁπλίτην τοῦτο χρὴ στέργειν ἔπος“

[76]) Vid. epigr. in vita Aeschyl. ap. Diud. T. III p. 5.

    „Αἰσχύλον Εὐφορίωνος ᾿Αθηναῖον τόδε κεύθει
    μνῆμα καταφθίμενον πυροφόροιο Γέλας·
    ἀλκὴν δ᾽ εὐδόκιμον Μαραθώνιον ἄλσος ἂν εἴποι
    καὶ βαθυχαιτήεις Μῆδος ἐπιστάμενος“.

58

„ῥοπὴ δ᾽ ἐπισκοπεῖ δίκας
ταχεῖα τοὺς μὲν ἐν φάει,
τὰ δ᾽ ἐν μεταιχμίῳ σκότου
μένει χρονίζοντας ἄχη,
τοὺς δ᾽ ἄκρατος ἔχει νύξ“ 17).

Jam vero transeamus ad Herodotum, ut quemadᵣ modum consentiat cum Aeschylo cognoscamus, quemadmodum ab illo superetur.

Herodotum deorum justitiae, qua uniuscujusque facinoris poenas sumant, rationem habuisse, in unaquaque operis pagina, ut ita dicam, inveniri potest, ut paene historiam eo consilio composuisse videatur. Sed attinet tantum exempla quaedam proferre. Deus obtudit animos Graecorum, ut Trojanorum verbis fidem non habentes Trojam funditus everterent (II, 120): „ἀλλ᾽ οὐ γὰρ εἶχον (Trojani) Ἑλένην ἀποδοῦναι, οὐδὲ λέγουσι αὐτοῖσι τὴν ἀληθείην· ἐπίστευον οἱ Ἕλληνες, ὡς μὲν

---

17) Quae quum ita sint, Aeschyli religionem sibi constare, negari non potest, quare cum Welckero non consentio, qui ita (l. l. p. 98.) disserit: „Ein vollständiges und übereinstimmendes Glaubenssystem würde aus dem dramatischen Dichter kaum herzustellen sein, auch wenn sich annehmen liesse, dass es in ihm völlig bestimmt und ausgebildet gelegen hätte und in verschiedenen Zeiten sich in allen Stücken gleichgeblieben wäre“. Aeschylum sensim ad ea, quae de rebus divinis secum statuerit, pervenisse, vehementer concedo; concedo porro Naegelsbachio, veterum divinitatis notionem non tam quam nostram esse castam; nam Aeschylus quoque mea quidem sententia non omni omnino vitio exemit numen divinum, quod illud ex vindicta gaudium capere putaret: (Eum. v. 560—563).

„γελᾷ δὲ δαίμων ἐπ᾽ ἀνδρὶ θερμῷ,
τὸν οὔποτ᾽ αὐχοῦντ᾽ ἰδὼν ἀμαχάνοις
δύαις λαπαδνὸν οὐδ᾽ ὑπερθέοντ᾽ ἄκραν“

At, quo jure Naegelsbachius contenderit, veteres dei notionem quaesisse quidem neque tamen invenisse, non video. Invenere profecto, nisi quod nunquam crederent, materiam a diis esse ex nihilo factam. Quamquam non attinet hoc loco eam rem pluribus persequi.

ἐγὼ γνώμην ἀποφαίναμαι, τοῦ δαιμονίου παρασκευ-
άζοντος ὅκως πανωλεθρίῃ ἀπολόμενοι καταφανὲς τοῦτο
τοῖσι ἀνθρώποισι ποιήσωσι, ὡς τῶν μεγάλων ἀδικη-
μάτων μεγάλαι εἰσὶ καὶ αἱ τιμωρίαι παρὰ τῶν θεῶν".

Apriae porro, regis Aegyptiorum, superbia punitur
(II, 169), itemque Cambyses facinorum poenas luit (III,
29, 30, 35, 64) et Leotychides (VI, 72) et Cleomenes
(VI, 84). Persarum autem cladem Herodotum pro vindicta et poena superbiae et deorum negligentiae habuisse,
jam supra declaravimus (p. 17 sq.). Etenim jam adeo
in Herodoti mente confirmata erat sententia, criminis
cujusque poenas esse solvendas, ut utique investigaret,
quomodo et quare homines punirentur.

Vide IV. 84: „ἐμοὶ δὲ δοκέει τίσιν ταύτην ὁ Κλεο-
μένης Δημαρήτῳ ἐκτῖσαι". (cf. VI, 75.) et VII, 133:
„ὅ τι δὲ τοῖσι Ἀθηναίοισι ταῦτα ποιήσασι τοὺς κή-
ρυκας συνήνεικε ἀνεθέλητον γενέσθαι, οὐκ ἔχω εἰπαι,
πλὴν ὅτι σφέων ἡ χώρη καὶ ἡ πόλις ἐδηιώθη. ἀλλὰ
τοῦτο οὐ διὰ ταύτην τὴν αἰτίην δοκέω γενέσθαι".
(Cf. VIII, 129, 106, 109; V, 56.)

Exempla quoque Herodotus profert, quibus concludi
potest, scelera quaedam expiari non posse (VI, 91; VII,
137; IX, 120.); imo vero facinus animo volvere est peccatum (VI, 86, § 3.):

„ἡ δὲ Πυθίη ἔφη τὸ πειρηθῆναι τοῦ θεοῦ καὶ
τὸ ποιῆσαι ἴσον δύνασθαι". (Cf. I, 159.)

Neque minus poenae in posteros serpunt (I, 91;
VII, 137).

Jam vero apud Herodotum illa quoque invenitur
sententia, deum rebus adversis homines ad moderationem
modestiamque reducere, cujus sententiae extat illud praec-
larum Croesi exemplum, quem ille facit ita loquentem (I, 207):

„τὰ δέ μοι παθήματα τὰ ἐόντα ἀχάριτα μαθή-
ματα γέγονε".

Sed de ea re hactenus, videamus porro, quomodo

Herodotus cum Aeschylo de invidia divina congruat.
Ex duobus quidem locis, Herodotum idem atque Aeschylum de deorum invidia sensisse, potest conjici (VII, 10;
§ 5.): „ὁρᾷς τὰ ὑπρέχοντα ζῶα ὡς κεραυνοῖ ὁ θεὸς
οὐδὲ ἐᾷ φαντάζεσθαι, τὰ δὲ σμικρὰ οὐδέν μιν κνίζει·
. . . . . φιλέει γὰρ ὁ θεὸς τὰ ὑπερέχοντα κολούειν. . . .
οὐ γὰρ ἐᾷ φρονέειν μέγα ὁ θεὸς ἄλλον ἢ ἑωυτόν.
οὕτω δὴ καὶ στρατὸς πολλὸς ὑπὸ ὀλίγου διαφθείρεται
κατά τι τοιόνδε· ἐπεάν σφι ὁ θεὸς φθονήσας φόβον
ἐμβάλῃ ἢ βροντήν, δι᾽ ὧν ἐφθάρησαν ἀναξίως ἑωυτῶν“.
et (VIII, 109.) „τάδε γὰρ οὐκ ἡμεῖς κατεργασάμεθα,
ἀλλὰ θεοί τε καὶ ἥρωες, οἳ ἐφθόνησαν ἄνδρα ἕνα
τῆς τε Ἀσίης καὶ τῆς Εὐρώπης βασιλεῦσαι ἐόντα
ἀνόσιόν τε καὶ ἀτάσθαλον“.

Attamen, si his locis vox φθόνου pro voce νεμέσεως posita sit, non facere possum, quin contendam,
Herodotum sibi ipsum non constare; alias enim in universum loquitur de deorum invidia, utpote quae sine
ulla mortalium arrogantia, qua se supra humanam condicionem modumque efferant, res secundas continuo illis
evenientes sequatur. Vide III, 40: ἐμοὶ δὲ αἱ σαὶ μεγάλαι εὐτυχίαι οὐκ ἀρέσκουσι, τὸ θεῖον ἐπισταμένῳ ὡς
ἔστι φθονερόν“. (cf. III, 43) et VII, 46: „ὁ δὲ θεὸς
γλυκὺν γεύσας τὸν αἰῶνα φθονερὸς ἐν αὐτῷ εὑρίσκε-
ται ἐών“. et I, 32: ὦ Κροῖσε, ἐπιστάμενόν με τὸ θεῖον
πᾶν ἐὸν φθονερόν τε καὶ ταραχῶδες ἐπειρωτᾷς ἀνθρω-
πηίων πρηγμάτων πέρι“ [78].

____

[78] Jam paene venit mihi in mentem, Herodotum, ubi fabulas
vel narratiunculas proferret, eas ita, ut percepisset, enarasse, quam
ob rem apud eum illam haud ita puram φθόνου opinionem inveniri.
Sunt enim loci ii, quibus narratiunculae quaedam vulgatae enar-
ratae esse videantur (I, 32; III, 40; III, 43). Sed ultimus locus,
dico VII, 46, plane me de ea suspicione detrusit, potissimum quum
ex hoc loco clare eluceat, non de mera vindicta sermonem esse,
et alioquin cognitu perdifficile sit, quatenus suam ipsius opinionem,
quatenus alienam exhibuerit.

At, dicas, ultimo loco Herodotus jam respexit Croesi superbiam, quae deorum iram non conflare non potuit. Sed eam, quam Croesus spiritu ob nimiam, qua fruebatur, felicetatem sumpto incitavit deorum iram, Herodotus nuncupat *νέμεσιν*: (I, 34.) „*Μετὰ δὲ Σόλωνα οἰχόμενον ἔλαβε ἐκ θεοῦ νέμεσις μεγάλη Κροῖσον, ὡς εἰκάσαι, ὅτι ἐνόμισε ἑωυτὸν εἶναι ἀνθρώπων ἁπάντων ὀλβιώτατον*".

Distinguens igitur Herodotus inter illum *φθόνου* et *νέμεσιν* voce *νεμέσεως* iram deorum ex justa causa conceptam significat, voce *φθόνου* autem malevolentiam deorum justa causa, cur dii propitii non sint, non indicata. *Φθόνος* apud Herodotum perpetua divinae mentis videtur esse condicio, qua illa, ut homines supra humanum modum rebus secundis utantur, non permittat. Gubernatio igitur divina rerum humanarum, quae justum sortis humanae modum conservat atque tuetur, ubi nimiam hominis felicitatem coercet atque retrudit, voce *φθόνου* significatur, quum diis solis conveniat omni ex parte beate vivere. Quam opinionem non esse tam puram atque castam quam Aeschyli, qui diserte declaret, felicitatem non esse in causa neque peccati neque calamitatum, quis negat? Enimvero his omnibus, quos laudavi, locis esse suplendam hanc fere sententiam, res secundae hominum animos efferre solent, ut superbientes humanumque modum excedentes immoderationis poenas luant, concedere non possum, praesertim quum Amasis (III, 40 et 43), quae est propria Herodoti sententia, nihil aliud in causa calamitatis habeat, nisi „*τὰ πάντα εὐτυχέειν*."

In mutabilitate et rerum humanarum et hominis ipsius mutet quoque fortuna, necesse est (I, 207.): „*εἰ δ' ἔγνωκας, ὅτι ἄνθρωπος καὶ σὺ εἷς καὶ ἑτέρων τοιῶνδε ἄρχεις, ἐκεῖνο πρῶτον μάθε, ὡς κύκλος τῶν ἀνθρωπηΐων ἐστὶ πρηγμάτων, περιφερόμενος δὲ οὐκ ἐᾷ αἰεὶ τοὺς αὐτοὺς εὐτυχέειν*"

Quae sententia Herodotum, quippe qui maxima regna

diruta vidisset, non potuit effugere (I, 5). Jam vero ex ea sententia procedit illud quoque Herodoteum, hominum sortem non ita esse constitutam, ut quisquam mortalis plane beatus esse possit, sed ut ei sint bona cum malis commixta, porro etiam illud, quod putet, humanam vitam tam esse fragilem atque caducam, ut mors vitae sit praeferenda (I, 31; VII, 46, 203). Sunt igitur hae veterum sententiae ex humanarum rerum contemplatione profectae, qui vitae fortunaeque casuum causam principalem quaerentes, quum et bonos probosque malis obrui animadverterent, illum φϑόνον deo attribuerunt. Enimvero veteres praeter philosophos attributiones divinitatis non e notione a priori cogitatione percepta sed e diuturna observatione deducebant, quare illum φϑόνον ut divinitate indignum non cognovere. Eam autem divinae invidiae opinionem etiam post Herodotum valuisse, si illud Platonis: (Phaede, p. 247 a) „ὁ φϑόνος ἔξω τοῦ θείου χόρου ἵσταται“ legeris, non jam, puto, negabis. Herodotum igitur, qui nimia quadam erga deos pietate et fortasse sua indole impediretur,[79] quominus res divinas ratione ac via specularetur, vulgatam invidiae divinae opinionem habuisse, mihi est persuasum.[80]

Neque quisquam jam mirabitur, apud Herodotum vim divinam inveniri, quae etiam insontem in peccata illiciat. Non urgeo illud somnii visum, quo Xerxes ad bellum Graecis inferendum commotus est, quum contra dici possit, illud somnium ei venisse, quo citius superbiae gloriaeque cupiditatis poenas lueret (VIII, 8 § 3 et c. 11 et c. 16, § 2), neque somnium, quod Cambysem ad fratris necem excitavit (III, 30), sed exstat locus,

[79] Vid. IX, 65: „δοκέω δὲ εἴ τι περὶ θείων πρηγμάτων δοκέειν δεῖ“, cf. Dahlm. l. l. p. 66.

[80] Vidi Baehrium ad. h. l. et v. IV, p. 452sq. Naegelsb. l. l. p. 49. Dahlm. l. l. p. 178. Hoffmeister, l. l. p. 254sq.

quo Sabaconi sine ulla causa, nisi quod in fatis erat eum regno privari, venit somnium suadens ut crimina nefaria patraret (II, 139):

„ἐδόκεέ οἱ ἄνδρα ἐπιστάντα συμβουλεύειν τοὺς ἱρέας τοὺς ἐν Αἰγύπτῳ συλλέξαντα πάντας μέσους διατα-μέειν· ἰδόντα δὲ τὴν ἄψιν ταύτην λέγειν αὐτὸν, ὡς πρόφασίν οἱ δοκέοι ταύτην τοὺς θεοὺς προδεικνύναι, ἵνα ἀσεβήσας περὶ τὰ ἱρὰ κακόν τι πρὸς θεῶν ἢ πρὸς ἀνθρώπων λάβοι· οὔκων ποιήσειν ταῦτα· ἀλλὰ γάρ οἱ ἐξεληλυθέναι τὸν χρόνον, ὁκόσον κεχρῆσθαι ἄρ-ξαντα Αἰγύπτου ἐκχωρήσειν“. Item Mycerinus, pius rex Aegyptiorum punitur nullam ob aliam causam, nisi quod non fecerat, quae fato erant constituta (II, 133.): „ἐκ δὲ τοῦ χρηστηρίου αὐτῷ δεύτερα ἐλθεῖν λέγοντα, τού-των εἵνεκα καὶ συνταχύνειν αὐτῷ τὸν βίον· οὐ γὰρ ποιῆσαί μιν τὸ χρεὼν ἦν ποιέειν“.

Itaque praecepta moralia non tam in homine ejus-que animo quam in fati decretis constitutisque videntur esse posita; homines videlicet juste agunt, quum fati constituta observent. Quare sacerdos illa Timo, etsi patriam prodiderat, a Pythia criminis est absoluta [81]) (VI, 135): „ἡ δὲ Πυθίη οὐκ ἔα (Τιμοῦν καταχρήσασ-θαι), φᾶσα; οὐ Τιμοῦν εἶναι τὴν αἰτίην τούτων, ἀλλὰ δεῖν γὰρ Μιλτιάδεα τελευτᾶν μὴ εὖ, φανῆναί οἱ τῶν κακῶν κατηγεμόνα“. Quum autem homines fati con-stituta scire non possint, haud adeo est hominis, juste beateque vivere, quo spectat illud Herodoteum (I, 32): οὕτω ὦν ὦ Κροῖσε πᾶν ἐστὶ ἄνθρωπος συμφορή“. et (VII, 49, § 1.) „αἱ συμφοραὶ τῶν ἀνθρώπων ἄρχουσι, καὶ οὐκὶ ὤνθρωποι τῶν συμφορέων“.

---

[81]) In hos quoque locos illud Herodoteum: (VII, 152) „ἐγὼ δὲ ὀφείλω λέγειν τὰ λεγόμενα, πείθεσθαί γεμὲν οὐ παντάπασι ὀφείλω, καί μοι τοῦτο τὸ ἔπος ἐχέτω ἐς παντα λογον“· vim habere, non pos-sum mihi pessuadere, quum alias passim dubitationem suam iudi-care solitus sit.

Quae sententia non adeo valuit, ut homo nihil per se efficere posse putaretur illeque se fati potestati plane dederet; sed est potius hominis omnia tentare (VII, 9, § 3.), neque minus ad rem bene gerendam consilio opus est (VII, 10, § 4.) et virtute fortitudineque in agendo, ut is, qui bene secum consulat fortiterque agat, vir optimus sit habendus: (VII, 49.) „ἀνὴρ δὲ οὕτω ἂν εἴη ἄριστος, εἰ βουλευόμενος μὲν ἀῤῥωδέοι, πᾶν ἐπιλεγόμενος πείσεσθαι χρῆμα, ἐν δὲ τῷ ἔργῳ θρασὺς εἴη". (Cf. VIII, 60, § 3.)

Namque Herodotus nondum ad extrema quaeque, quae ab singulis consequuntur sententiis ethicis, pervenerat, sed versabatur potius quodammodo in vestibulo philosophiae, ubi mens humana rationem sequi incipit, nonnulla quoque reputationi ac deliberationi debet; quare arbitror, illud Welckeri (cf. N. 77) in Herodotum magis convenire quam in Aeschylum.

Itaque, quod professus sum, praestitisse mihi videor, quum, quomodo censentiant et differant inter se Aeschylus et Herodotus, ea, qua par est, diligentia ante oculos ponere studuerim. Sin vero pro ingenii mediocritate non omnia recte perspexerim, indulgeas, quaeso, qui benevole legis, viribus meis; rem studio operaque esse dignissimam, non negabis.

Natus sum Joannes Kitt Guttstadiae, in oppido Varmiensi, d. XXIV Decembr. a. MDCCCXLIII patre Josepho, matre Rosa e gente Hipel, quos adhuc vivere gaudeo. Fidem amplector Catholicam. Primis litterarum elementis domi instructus per sex annos usque ad annum aetatis XXI frequentavi gymnasium Brunsbergense, quod etiamnunc viri Ill. Braun auspiciis floret. Unde testimonium maturitatis adeptus hanc petii almam Viadrinam et apud amplissimum philosophorum ordinem nomine dato per VII semestria interfui scholis Ill. virorum: Haase, Hertz, Rossbach, Elvenich, Braniss, Bernaiss, Reifferscheid, Neumann, Oginski, quibus optime de me meritis gratias ago quas possum maximas, quorum recordari nunquam desinam.

Theses.

----

1. In Aesch. Agam. v. 163—166 (ed. Dind.) $\tau\grave{o}$ $\mu\acute{\alpha}\tau\alpha\nu$ $\ddot{\alpha}\chi\vartheta o\varsigma$ esse dictum de animi onere ex cogitando profecto.

2. In Aesch. Sept. v. 829—831 esse haec verba „$\varkappa\alpha\grave{\iota}$ $\pi o\lambda\upsilon\nu\varepsilon\iota\varkappa\varepsilon\tilde{\iota}\varsigma$" delenda.

3. Cic. de nat. deor. I, 8, 19 esse „animi" ejiciendum.

4. Quaestionem, an sit dialogus de oratoribus Tacito vindicandus, necne, in dubio remanere.